이 책은 1990년에 태어난 제가 살아오는 동안 겪은 한국을 담고 있습니다. 저는 외환위기와 금융위기로 청소년기를 채워서 그런지 불황을 당연하게 여기고 자랐습니다. 그래서일까요. 저에게 한국은, 살아내기 버거운 땅이었습니다. 그 이유들을 작은 책으로 고발하고 싶었습니다. '한국살이 참 지겹고 어렵다'라고 생각하신 분이 있다면 이 책이 퍽 마음에 드실지도 모르겠습니다.

고발을 목적으로 하다 보니 자연스럽게 한국이라는 나라를 움직이는 집단, 즉 정부나 정치를 중심으로 이야기할 수밖에 없었습니다. **정치 이야기는 딱 질색이라 읽지 않으려는 분이 계신다면 잠깐만 기다려 주세요.** 이 책은 국민의힘과 더불어민주당 중 누가 더 나은가를 논하지 않습니다.

지나간 시간을 돌이켜 보면서 한국이 어떤 나라였는지, 우리가 사는 세상이 얼마나 기득권 중심이었는지 제 개인 경험을 통해 말하는 책입니다. 정치에 관심이 없거나 정치가 싫은 분도 어느 정도 공감하며 읽을 수 있을 것입니다.

저는 주로 집에서 일하는 탓에 아침 출근길을
겪은 지 오래입니다. 그러던 어느 날, 일찍 움직일
일이 있어서 오전 8시의 지하철에 올라탔습니다.
제 또래의 직장인이 많았습니다. 그리고 대부분 텅 빈
얼굴을 하고 있었습니다. 소위 '영혼 없는 얼굴'이라고
하지요. 피곤하고 지치고 무기력한 얼굴들을
마주하며 목적지에 도착했습니다.

커피를 한 잔 사려고 역 근처 테이크아웃 카페에
들렀습니다. 카페에도 역시나 텅 빈 얼굴로 커피를
주문하거나, 텅 빈 얼굴로 커피를 만드는 또래들이
있었습니다. 준비해 둔 텀블러를 건네고 커피를
기다리는데 1분도 지나지 않아 완성됐다는 알림음이
나왔습니다. 음료를 받으며 말했습니다. "와 진짜
빠르게 만들어 주셨네요! 고맙습니다." 그러자
웬걸요. 직원분이 활짝 웃었습니다. 텅 빈 얼굴이
금세 꽉 찼습니다.

우리가 원하는 건 꼭 일확천금(도 물론 좋지만)이
아닙니다. 작은 친절, 따뜻한 인사, 약간의 배려만
일상에 내내 존재해도 우리는 빈 얼굴로 다니지

않습니다. 그러나 세상은 갈수록 각박해져서 모두가 텅 빈 얼굴로 거리를 다닙니다. 우리가 사는 세계를 이 지경으로 만든 사람들은 누구였을지, 우리의 얼굴에서 영혼을 빼가고 절망에 익숙하게 만든 건 무엇이었을지 곰곰이 생각했습니다. 그 생각의 타래를 이 책에 조금 길게 풀어놓았습니다.

　'그렇게 한국이 싫으면 외국 나가서 살아라'라고 타박하는 목소리를 자주 들었습니다. 하지만 그게 어디 쉬운 일이겠습니까. 언제든 외국으로 훌쩍 떠날 수 있는 사람이라면 이미 떠나고 없겠지요. 마음 같아선 이 지긋지긋한 나라에서 도망가고 싶지만, 각자의 사정 때문에 '그럼에도' 한국에 살고 계신 분들과 이 책을 함께 나누고 싶습니다.

　본문이 시작되기 전부터 작가의 말이 길면 지루할 것입니다. 그러니 이쯤에서 빨리 마무리하겠습니다. 어떤 이유로든 이 책을 선택해 주신 독자님, 진심으로 감사합니다.

희석 드림

목차

1996

2013

꽃밭에서 자란 한국 남자들

1996년 제15대 국회의원 선거 때 나는 일곱 살이었다. 당시 내가 살던 지역 후보 중 유력한 한 명이 있었다. 해운대구·기장군갑 후보 신한국당 김운환. 선거 운동이 한창이던 시기에 나는 길거리를 걸어 다니며 외쳤다.

"김운환! 김운환! 김운환을 믿어 주세요, 여러분!"

그저 어른들을 따라 하고 싶은 마음뿐이었다. 정치가 무엇인지, 선거를 왜 하는지, 후보 공약은 어떠한지, 후보자의 지향점은 어디인지 등을 알기엔 부족한 나이였다. 동네가 떠들썩하고, 똑같은 색깔의 옷을 입은 사람들이 손을 흔들고, 큰 소리로 무언갈 외치거나 노랫소리가 들리는 것 자체가 즐거웠다.

아버지는 항상 집에서 말했다. "김운환이가 당선돼야 하는데"라고 말이다. 일곱 살의 나에겐 아버지가 바라는 사람이 곧 적임자였고 그를 응원해야 할 것만 같았다. 그래서 아무것도 모르지만 김운환의 이름을 외치고 다녔다.

아버지가 김운환을 지지한 이유에 정치적 신념 같은 건 없었다. 그런 걸 생각하기엔 멀리 보지

못하는 사람이었다. 훗날 들었던 말로는, 아버지의
사업적 목적이 김운환의 공약에 묻어있다는 게
이유였다.

당시 김운환의 핵심 공약은 크게 두 가지였다.
첫째, 아시아·유럽 정상 회의(ASEM) 해운대 개최.
둘째, 1조 7천여 억이 투입되는 해운대 발전 가시화.
해운대에 돈이 몰리게 할 것이라는, 보수 정치인의
흔한 레토릭에 불과했다. 해운대 쪽 건설 사업자였던
아버지에게 김운환 당선은 기회로 보였을 것이다.
자기 사업을 좀 더 크게 확장시켜줄 후보 김운환.
그가 국회의원이 되면 더 큰 돈을 만질 수 있기
때문에 적극 지지했다. 그렇다. 지금과 마찬가지로
그때도 돈을 약속하면 국회의원이 될 수 있었다.

김운환은 해운대구·기장군갑 국회의원에
당선됐다. 하지만 핵심 공약이었던 ASEM 유치는
(역시나) 서울에서 이뤄졌고, 이듬해엔 대한민국이
IMF에 구제금융을 요청해 대대적인 국가 경제
구조조정이 시작됐다. 배신감이라도 느낀 걸까. 그 후
아버지는 국회의원 선거든 대통령 선거든 무엇이든
투표하지 않았다. 투표해봤자 바뀌는 건 없다는
논리로 집에서 쉬었다.

익히 알다시피 부산은 보수 정당 표밭이다. 김운환의 이름을 외치던 1996년부터 지금까지도 그렇다. 아 물론 2010년대 들어 민주당계 정치인이 점점 두각을 나타내긴 했지만, 오거돈의 성폭력 가해로 지역 민심은 완전히 돌아섰다. 소위 '대가리가 깨져도 보수 정당'이라며 부산을 비웃지만, 이건 부산시민들의 편견에 민주당의 자충수가 더해진 결과다. 부산을 쑥대밭으로 만든 서병수 전 부산시장이 압도적 표차로 부산진구갑 국회의원에 당선될 수 있었던 건 오거돈에서 시작된 일종의 불신 때문이다. 모르긴 몰라도 앞으로 부산에서 민주당계, 혹은 진보 정당 시장이나 국회의원이 나오긴 글렀다.

TV 프로그램이라고는 예능이나 낚시, 골프 채널만 보던 아버지 때문에 우리 집은 갈수록 정치와 멀어졌다. 그래서 나는 정치가 무엇인지, 국회의원은 어떤 사람들인지, 국회의원들이 무슨 일을 하는지 등을 집 바깥에서 듣고 자랐다. 보수 정당 표밭에서 배우는 거라곤 똑같았다. 어른들, 심지어 초등학교 선생님마저도 대통령* 욕부터 가르쳤다. 그들 말에 따르면 "김대중은 빨갱이"였고, "노무현은 나라 팔아먹으려 작정한 놈"이었다. 세상에 정치라는

초등학교 1학년 때 김대중 대통령이, 6학년 때 노무현 대통령이 당선됐다.

게 없는 것처럼 살던 집, 세상에 한나라당(국민의힘
전신) 빼고는 다 나쁜 놈이라고 외치던 집 밖. 내가
경험하는 세계는 이토록 편협했다.

　IMF 관리 체제가 끝난 2001년, 아버지 사업은
마침내 엎어졌다. 터질 게 터졌다는 표현이 더
정확할 것이다. 졸부였던 부계 쪽 가족들은 중소규모
건설사를 운영하고 있었다. 경영을 전문적으로 배운
사람이라곤 한 명도 없었고, 모두 지역 유지(有志)들에게
아첨하며 쌓아 올린 네트워크 덕분에 성공한
사업이었다. 이에 이음 개념을 자기들 입맛대로
해석했다. 먼 훗날 갚으면 된다는 논리로 사업에
드는 모든 지출 비용을 어음으로 돌려막았다. 당연히
사업에 필요한 당장의 지출 비용은 0원이고, 수익은
막대해 현금이 넘쳐났다. 그들은 IMF 관리 체제가
끝나면 다른 건설 수주가 줄을 이을 테니, 그때
어음을 차근차근 갚을 거라며 돈을 물 쓰듯 썼다.
엄마가 일주일에 한 번씩 세탁기 안에서 1만 원권
지폐 다발을 발견할 정도였다.

　회사는 보란듯이 부도가 났다. 채권자들이
현관문을 부술 듯이 발로 찼고 소리를 질렀다.
모든 게 부계 쪽 가족들의 어처구니없는 잘못

때문이었지만, 아버지는 술에 취해 집에 들어와 소리쳤다. "김대중이 그 빨갱이 새끼가 대통령이 돼서 경제가 이 모양"이라고. 정치가 무엇인지 모르는 사람이었기에 자기 신념에 기반한 말이라기보다는 주변에서 하는 욕을 똑같이 반복했을 것이다. 그토록 대통령을 잘못 뽑았다고 외쳤다면 다음 대선 때 투표장으로 갔을 법하지만, 제16대 대통령 선거 당일에도 그는 집 밖으로 나가지 않았다. 노무현 대통령 집권 1년 차 때 결국 그는 최후의 보루처럼 남겨둔, 우리가 살던 38평 아파트 꼭대기 층을 시세보다 싸게 넘겼다. 나는 중학교 입학과 함께 새로운 동네로 이사했다. 엘리베이터가 없는 구축 빌라 2층이었다.

갈수록 아버지는 이상하리만치 정치를 혐오했다. 국회의원은 다 돈 빨아먹기 바쁜 사람들이며, 대통령은 하는 것도 없이 자리만 차지하는 사람이라고 가르쳤다. 이 환경을 벗어난 학교도 비슷했다. 정치라는 것에 굳이 관심을 두지 말아야 하며, 중학교 1학년 때부터 오로지 입시만을 바라보고 공부하도록 가르쳤다. 선생들이 정치를 말할 때는 오직 선거 다음 날이었다. "이번에도

한나라당이 부산을 잘 지켜줄 것"이라는 말을 하거나
"대통령이 꿈인 학생들은 한나라당 대통령이 되길
바란다"라는 농담만 할 뿐이었다. 정치적 중립을
요하는 교사의 자질 같은 건 그들에게 딱히 없었다.
지역 부자 재단이 운영하는 사립 중학교였기에,
그들은 재단의 부패나 비리를 굳이 들쑤시지 않는
보수 정당을 응원해야 자기 밥줄도 길어진다는
걸 잘 알고 있는 사람들이었다. 이 환경을 버티기
어렵던 젊은 선생님들은 길면 2년, 짧으면 1년
만에 그만뒀다. 자의식이라곤 없던 나 역시 가정과
학교의 정치 무관심에 동조했고, 한나라당이 제일
착한 곳이라 여기며 그냥 시키는 대로 학교와
학원만 다녔다. 전형적인 한남●● 성장 서사라 봐도
무방하다.

다양성을 배울 기회가 전무했다. 내가 찾아
나서면 여러 곳에서 가르쳐줬겠지만, 앞서 말했듯
자의식이나 신념 같은 게 없던 나로서는 찾아볼
생각도 하지 않았다. 한국 사회를 이루고 있는 정치
구도는 어떠한지, 그로 인해 우리의 삶은 어떻게
바뀌는지, 내가 성인이 됐을 때 맞닥뜨릴 세상은
과연 어떻게 구성되어야 하는지, 나 외에 차별받거나

●●
'한남'을 '남성 혐오 표현'이라 생각하는 독자님이 계신다
면, 죄송하지만 책을 덮어 주시길 바란다. 앞으로 이 책에
등장할 모든 의견에 동의하지 않을 가능성이 크다.

16

소외되는 이웃은 없는지 등을 촘촘하게 가르치는 곳은 없었다. 고등학교 진학 후에는 이공계열을 선택해 표면적 교육도 받지 않았다. 국어, 수학, 영어, 과학 등 네 가지 범위 안에서만 외우고 풀고 외우고 푸는 과정을 반복했다. 정치는 관심을 가져봤자 도움 안 되는 것이라는 인식이 갈수록 굳어져 갔다.

이명박이 당선되던 해가 기억나지 않을 정도로 세상 돌아가는 것에 관심이 없었고, 그렇다고 공부를 잘한 것도 아닌 나의 머릿속은 한마디로 '꽃밭'이었다. 심각한 사실은, 나 같은 남자애들이 도처에 널렸었다는 점이다. 우리의 의식을 깨우려고 시도하거나 이명박 당선의 의미 등을 말해주는 어른은 없었다. 이렇게 자란 남자들은 지금 2024년에 35세가 됐다. 결과는 다들 알다시피 절망적이다. 가장 여성 혐오적이고 가장 도태된 세대. 다양성이 무엇인지 모르고, 선택적 가부장제만 고집하는 1990년대생 한국 남자들은 예견된 미래였다.

어중간한 성적이지만 다행히 부산에서 다닐 수 있는 대학교는 있었기에, 이명박 집권 2년 차에 나는 대학생이 됐다. 그리고 내가 정치에 관심을 갖기 시작한 계기를 학교 정문에서 만났다.

조용한 폭력과 공공의 적

2009년 3월이었다. 대학교 입학식은 중고등학교의 그것과 별반 다르지 않았다. 교복에서 사복으로 바뀌었을 뿐 아무것도 모르는 상태로 시간을 죽이다 오면 어느새 하루가 끝나고 어중간하게 친해진 관계가 만들어지는, 뻔한 흐름이었다. 요즘도 그렇겠지만, 입학하자마자 취업 이야기를 들었다. 학과 취업률이나 전공 과정과 연계된 산학협력 등을 설명하는 교직원이 있었다. 유전공학과였기에 바이오산업의 전망이 밝다는 말과 각종 제약회사에 취업한 선배들의 사례도 들었다. 몇몇은 관심 있게 들으며 필기했고 나처럼 생각 없는 친구들은 졸거나 다른 짓하기 바빴다.

지루한 시간이 끝나자, 단과대 회장 선배가 자기소개를 시작했다. 열정 넘치는 남자 선배였다. 그 선배는 취업 이야기를 하지 않았다. 우리가 어려운 시기를 맞이했다는 이해할 수 없는 말들을 했고, 잘 이겨내 보자는 말도 했다. 나는 '지금이 왜 어려운 시기라는 거지?'라며 그를 이상하게 생각했다.

3월의 대학가는 온통 어지러웠다. 새로운 관계가 연이어 발생하고, 일찍이 연애를 시작한 친구들도 있었으며, 대학가의 자유로움은 오히려 내가 어디로

향해야 할지 알 수 없게 하는 기분이었다. 무거운
기운이나 진지한 고민보다는 매일을 어떻게 보내야
더 즐거울 것인가에 다들 심취해 있던 때였다.
점심도 학교 구내식당보다는 꼭 바깥에서 먹었다.
입시로 통제된 삶이 단 한 번에 해방되던 탓에 뭐든
학교 울타리 바깥에서 해결해야 직성이 풀리는
1학년생들로 가득했다.

　　학교가 워낙 높은 곳에 있어서 우리는 학교
밖으로 나가는 것을 하산이라 하고, 되돌아가는 것을
등산이라 부르며 농담했다. 하산은 쉽지만 등산은
힘겹기에, 되돌아갈 땐 주변 대중교통 정류장과
학교를 이어주는 셔틀버스로 이동했다. 그날도
마찬가지였다. 적당한 가격에 적당한 점심을 적당한
규모의 무리와 먹은 뒤 셔틀버스에 올랐다. 버스는
만원에 가까운 상태여서 딱 우리까지만 발 딛고 설 수
있었다. 버스가 정문에 다다를 때쯤 같은 과 친구가
말했다.

　　"야야, 저 선배 또 정문에 서 있다."

　　사람으로 가득 찬 버스여서 그랬을까. 친구의

한마디는 희한할 만큼 모두의 귀를 사로잡았다.
승객들이 학교 정문 쪽으로 일제히 고개를 돌렸고,
나도 함께 시선을 옮겼다.

어려운 시기를 잘 이겨내 보자던 그 회장
선배였다. 저 선배가 왜 저기 있을까 싶던 그때 선배
손에 들린 피켓이 눈에 들어왔다. 검은 배경지에
노랗고 빨간 형광색의 문자가 기록돼 있었다.

MB OUT

나보다 더 무지했던 남자 친구 한 명은 해맑게
물었다.

"저게 뭐꼬? MB가 뭔데?"

그러자 옆에 있던 여자 친구가 조용히 말했다.

"이명박이지 뭐긴 뭐꼬. 니는 뉴스도 안 보나."

해맑은 놈은 목소리 크기도 낮출 줄 몰랐다.

"아아 명박이라서 MB! 근데 이명박을 왜 아웃시키자는 거고? 대통령 아니가? 와 저라노?"

버스 안에 있던 사람들은 약속한 듯이 침묵했다. 다행히도 셔틀버스는 정문을 통과해 금방 멈췄고 모두가 우르르 내렸다. 나는 우리 단과대학 선배가, 사회과학대학도 아닌 생명과학대학 선배가 왜 MB OUT을 들고 정문에 홀로 서 있었는지 궁금했다. 하지만 선배에게 직접 물어볼 용기는 없었다. 스마트폰이 아직 본격적으로 보급되기 전이었던 시절. 학과 친구들을 두고 중앙도서관으로 갔다. 공용 PC 앞에 앉아 포털 사이트에 접속했다. 검색창에 조심스럽게 입력했다.

'MB OUT'

누가 지켜볼 것만 같아 겁이 났다. 아무도 나에게 관심 없었겠지만, 그래도 심장이 쿵쾅거렸다. 뉴스 몇 개를 읽었다. 이상했다. 다시 또 몇 개를 읽었다. 더 이상했다. 거의 모든 사람이라고 할 수 있을 정도로 많은 사람이 이명박을 규탄하고 있었다. 이명박이 무엇을 잘못했고, 한국을 어떻게 무너뜨리고 있는지 설명하는 칼럼도 읽었다. '이게 사실이라고?'라는 의문은 '모두 사실입니다'라고 증명하는 뉴스들에 의해 하나씩 해소됐다.

읽고 또 읽었다. 시간을 거스르듯 찾다 보니 이명박 당선 시절까지 뉴스가 흘러갔다. 도서관 입구가 어두워 고개를 돌렸다. 해가 지고 있었다. 가방을 챙겨 도서관을 빠져나왔다. 내 머릿속에는 딱 하나의 질문만 남아있었다.

'나는 왜 이렇게 멍청하게 살았던 거지?'

그렇다고 이때부터 드라마처럼 내가 무언갈 깨닫고 전면적인 운동에 나서거나 이명박을 비판하며 다닌 것은 아니다. 세상이 이상하다, 이명박은 더 이상하다, 정도에서 혼란스러운 채 끝났을 뿐 거기서 추가적인 행동은 하지 않았다. 그럴 배짱도 용기도 지식도 없었다. 집에 돌아가서도 몇 가지 뉴스만 좀 읽어볼 뿐 세상을 바꾸겠다는 결심 따위는 내게 가당치도 않았다.

그러나 그 선배. 선배만큼은 내내 마음에 남았다. 선배는 어떻게 그렇게 정문에 홀로 버틸 수 있었을까. 내일도 있을까. 있다면 인사를 할까. 뭐라고 인사를

하지? 수고하십니다? 뭘 수고하는데? 같이 서 있자고
하면 어쩌지? 물음표가 끊이지 않아 새벽에 잠들었다.

　　다음날 역시나 똑같은 피켓을 들고 선배는
정문에 서 있었다. 나는 셔틀버스가 아니라 걸어서
학교까지 올라가고 있었다. 또 심장이 쿵쾅거렸다.
선배가 나에게 인사할까 봐. 인사하면 뭐라고 답해야
할지, 주변에서 어떻게 볼지 걱정됐다. 선배와
나의 거리가 백 걸음에서 오십 걸음, 이십오 걸음,
열 걸음까지 좁혀졌다. 눈을 질끈 감고 선배 옆을
지나쳤다. 선배는 아무 말도 하지 않았다. 다시 오십
걸음쯤 멀어졌을 때 나는 고개를 천천히 뒤로 돌렸다.
선배는 계속 앞만 보고 있었다. 스스로가 부끄럽고
혐오스러웠다.

　　그날 이후 괜히 더 선배를 피해 다녔다. 학과
안에서도 선배에 대한 평은 갈수록 좋지 않았다.
괜한 분란을 만드는 사람, 단과대 회장 말더니 이상한
짓만 하는 사람, 아직 군대를 안 가서 철이 없는
사람, 취업도 졸업도 다 끝장난 사람으로 불렸다.
가장 이상했던 것은 그 누구도 정작 이명박을 욕하지
않았다는 점이었다. 이명박을 가볍게 조롱하는
농담뿐이었고, 그의 모든 정책이 한국의 기반을

해체한다는 걱정 같은 건 아무도 하지 않았다. 우리가 진지하게 논의하던 주제는 오직 시험, 성적, 졸업, 토익, 취업, 연애, 군대 등 나의 개인적 일거리들에 집중돼 있었다. 그러는 동안에도 선배는 매일같이 MB OUT 피켓을 들고 정문에 서 있었다.

어떤 날은 선배가 학교 직원들에게 제지당하기도 했다. 몸싸움은 없었지만, 고성은 오갔다. 직원들이 피켓을 뺏으려고 하자 선배가 소리를 질렀고, 그 소리 덕분에 모두가 긴장했다. 현장에서 실랑이가 이어지다 선배가 단과대학 쪽을 향해 돌아가는 것으로 해결됐다. 피켓은 교직원 손에 들린 채 너덜거렸다. 그것은 엄연히 폭력이었다. 때리고 짓밟는 것만이 폭력은 아니다. 교직원의 지위를 이용해 학생 의지를 꺾어버리는 폭력, 주변 학생 누구도 동료를 도와주지 않고 침묵으로 바라보던 폭력, 그리고 이 모든 맥락을 다 알고 있으면서도 다가가지 않은 나의 폭력 등이 겹친 결과였다.

한 유명 진보 정치 인사가 TV에서 했던 말이 있다. 청년들이 지금 부당하게 느끼는 것을 참지 말고 드러내라고. 연합하고 단결해서 사회에 투쟁하라고. 지금의 청년들은 앉은 채로 많은 것을

바라고 있다고 그는 말했다. 참 세월 좋은 소리하는
아저씨다. 신자유주의로 똘똘 뭉쳐진 한국에서,
학생 운동 경험이 전무한 이들에게 연합과 단결과
투쟁을 강권하는 게 얼마나 말이 안 되는지 혼자만
모르는 것 같다. 그의 민주화운동 참여 덕분에 우리가
민주주의를 맞이할 수 있었다는 건 감사한 일이지만,
그것이 모든 발언의 면죄부는 되지 않는다. 청년에게
무언갈 요구하려면, 먼저 청년의 삶을 제발 제대로
직시하라고 늘 말하고 싶다. 선배가 피켓을 빼앗긴
그날이 모든 걸 잘 말해주고 있다. 침묵. 그리고 외면.
고요한 폭력은 우리가 어린 시절부터 열심히 배워온
처세술이었다.

　　80년대에 비하면 '요즘' 대학생들의 정치의식이
부족하다고들 했다. 기성 정치인이나 교수 등은
이 '현상'에 대한 진단으로 '공공의 적'이 사라졌기
때문이라고 했다. 과거 독재 정권, 군사 정권
시절에는 저항하고 투쟁할 대상이 있었지만
민주주의가 안착(과연?)하고 나서는 공공의 적이
사라졌다는 주장이다. 자연스럽게 사회 운동보다는
사회 적응에 무게를 두기 시작했고, 결론적으로
대학은 취업 사관 학교로 변화됐다고 지적했다.

일견 맞는 말처럼 보이지만, 2010년대 대학생 당사자로서 전혀 공감할 수 없다. 공공의 적이 사라졌다니. 독재 정권이나 군사 정권은 없었지만, 우리 앞엔 이명박이 공고하게 버티고 있었다. 그럼 이명박은 박정희나 전두환보다 '나은 인간', 혹은 '적이 아닌 사람'이라는 말인가.

솔직하게 말했으면 좋겠다. 대학생들의 정치의식이 부족한 게 아니라, 대학생들이 정치의식을 되도록 갖지 않았으면 했던 공동의 바람이 마침내 이뤄진 것 아닌가. 투쟁으로 이뤄낸 민주주의를 다음 세대가 잘 이어가도록 양보하고 이끌어주는 게 아니라, 자기 지역구와 자기 밥그릇 지키기에만 바빴던 기성 정치인들의 욕망이 만든 결과 아니냐는 것이다. 그들이 만든 시스템 안에서, 형님과 아우가 이끄는 세계에서 차세대들은 조용히 입 다무는 법을 배우고 익혔다. 그래야 그들이 만든 세계에서 '사람' 대접을 받을 수 있었다.

이명박 전에는 국민의 정부, 참여정부라서 '착한 세상'이었기에 어쩔 수 없다는 핑계를 댈지도 모르겠다. 그게 가장 문제다. 김대중 전 대통령은, 노무현 전 대통령은 모든 사회적 약자들에게

따뜻했었나. 두 정부 집권 기간에도 노동조합에
대한 폭력진압이 만연했고, 비정규직이 폭발적으로
늘었으며, 신자유주의가 공고해졌다.

공공의 적은 어쩔 수 없이 늘 존재한다. 한나라당
계열이어야 진짜 적이 아니라는 말이다. 그토록
피아식별로 적을 구분하면서 기득권을 위한 법안에는
여야 구분 없이 한마음으로 통과시키던, 스스로에
대한 반성은 지금도 없다. 반성 없이 속 편하게
"요즘 대학생들은", "요즘 청년들은"을 운운하는 게
부끄럽지 않을까. 부끄럽지 않으니 카메라 앞에서
당당하게 말하는 거겠지만.

그들 말대로 그렇게 정치의식 없고, 공공의 적이
없어서 무기력한 존재로 취급받던 나는 2010년,
군대에 들어갔다. 군대에서는 또 다른 정치를 봤다.

불온 도서 읽는 빨갱이

군부 독재 역사를 볼 때, 혹은 그러한 역사를
바탕으로 만들어진 영화를 볼 때 이해되지 않는
지점은 '복종'이었다. 아무리 상급자라지만,
상식적으로 잘못된 명령에 어떻게 일사불란하게
복종할 수 있었던 것인지 의문이었다. 적어도 내가
군인 조직을 실제로 경험하기 전까지는 그랬다.

2010년 봄, 훈련소에 입소한 후 가장 먼저 진행된
작업은 개성을 제거하는 일이었다. 훈련소마다,
혹은 같은 훈련소라도 소속된 연대마다 다르겠지만,
훈련병이 가지고 온 모든 물품을 즉각 종이상자에
포장해야 했다. 여기서 말하는 모든 물품이란 내 몸을
제외한 전체다. 입고 있는 속옷은 물론이고 개인이
챙겨온 세면도구, 수첩 등 몸뚱어리 빼고 모조리
허용되지 않았다. 부대 보급품이 그 자리를 차지했다.
오늘 처음 만난 사람들이 서로의 앞에서 속옷까지 다
벗고 보급품을 입은 후 주섬주섬 짐을 꾸리는 상황은
전혀 달갑지 않았다. 그때 한 훈련병이 손을 들고
물었다.

"제가 아토피가 심해서 씻고 바르는 게 꼭
필요한데 이것도 허용되지 않습니까?"

조교는 당연하다는 듯이 안 된다고 했다. 필요하면 군의관이 처방해 줄 것이라며 일단 집으로 보내야 한다고 했다. 그 훈련병은 당황한 기색을 감추지 못하며 갈팡질팡했다. 조교는 빨리 상자에 넣으라고 다그쳤고, 모두의 시선이 그쪽을 향한 다음에야 상황은 조교 지시대로 흘러갔다. 아주 오랜 시간이 지난 지금 생각해 보면 조교도 별다른 방법이 없었을 것이다. 어떤 한 조건을 수용해 주면 "그럼 이건 됩니까? 그럼 이건? 그래서 이건?" 등의 질문이 이어질 것이므로 그것을 원천 차단하는 게 군조직 시스템이었다. 그 시스템에 따르지 않으면 조직 부적응자로 분류됐다.

훈련병들 역시 여기에 쉽게 저항하지 못했다. 그 공간에 조교는 한 명이고, 훈련병은 수십 명이었는데도 누구 하나 이의를 제기하지 않았다. 이미 내게 허락된 건 내 몸 하나뿐이라는 인식이 까칠한 보급품 속옷으로 느껴지는 와중이어서 더욱 그랬을 것이다. 그런 기초 과정을 시작으로 각종 사상 주입, 구호 반복 등을 통해 한 명의 '자아 없는 군인'을 만들어내는 게 훈련소의 목표였다.

모두가 그랬다고 확신할 수는 없지만, 자기만의

주장이나 개성이 불확실할수록 군대 문화에 잘 녹아드는 것 같았다. 군대라는 조직은 '비효율의 극치를 달리는 곳'이다. 예를 들어, 겨울철마다 수도관이 동파돼 부대 내 전 병력이 달라붙어 해결해야 하는 상황이라면, 애초에 겨울이 오기 전부터 보강 작업을 하거나 영하의 기온에도 끄떡없는 시설물로 교체하는 게 상식이다. 하지만 상관의 명령이 하달되지 않았다는 이유 하나만으로 매년 똑같은 실수와 작업을 반복한다. 이는 일개 시설물뿐만 아니라, 모든 행정 시스템과 훈련 과정에도 비슷하게 적용된다. 충분히 답답하고 비효율적이라 보겠지만, 누구도 여기에 이의를 제기하지 않는다. 자아 없이 '지금 당장 시키는 것만 잘 수행하는 것'에 목적을 둔다. 따라서 자기 주장을 말끔히 지우지 못한 군인은 일상의 모든 순간이 스트레스다. 나도 그중 하나였다.

입대가 다가올수록 나는 나를 둘러싼 환경에 대한 의구심이나 불만이 가득했다. 정문 앞에 섰던 선배에게 미안해서였을까. 내가 경험한 가정, 학교, 사회 등 모든 것에 물음표를 붙이고 부정하거나 부끄러워했다. 게다가 아는 것은 적고, 불만은 많으니

제대로 표현하거나 논리적으로 생각을 정리할
수는 없었다. 그것들이 하나둘 쌓인 탓인지 입대를
위한 병무청 신체검사 때, 나는 정신 검사를 추가로
받았다. 별도로 마련된 상담실로 들어가 정신과
상담 선생님과 이야기를 나눴다. 선생님의 결론은
간단했다. 나는 단체로 하나의 목적을 향해 노력하는
것을 상당히 싫어하고, 그렇게 하는 것 자체를
이해하지 못하는 성향이라고 했다. 그래서 군대라는
조직에 소속됐을 때 오히려 분란을 일으킬 위험이
없지 않다고 했다. 하지만 그렇다고 대체 복무를
할 정도는 아니어서 나는 2급이라는 판정을 받고
현역병으로 입대했다.

일상이 비효율로 채워진 환경에서 내가 마음을
피할 곳은 책이었다. 다행히 개인이 원하는 책을
반입해서 읽을 수 있는 부대였기에 읽고 싶은 책을
온라인으로 주문할 때가 많았다. 다만, 정신교육 담당
장교에게 허락을 맡아야 반입 가능했다. 그 검열 과정
중 딱 한 번, 나는 내가 주문한 책 때문에 장교에게
불려 갔다. 그 장교는 나와 나이 차가 크지 않은,
학군단 출신이었다. 그는 날 보자마자 비죽거리며
물었다.

"안희석이 너 빨갱이냐?"

빨갱이. 충격이었다. 빨갱이가 무슨 뜻인지 그땐
정확히 몰랐다. 그러나 그동안 내가 보고 들었던
대로라면 장교는 나를 사상적으로 불온하게 본다는
뜻이었다. 지금 생각하면 그 장교도 빨갱이가 뭔지
정확히 몰랐을 것이다. 정신교육 담당 장교지만,
교육을 들어보면 공산주의와 전체주의를 구분하지
못했고 북한은 공산주의라서 김정일(당시엔 김정일
국방위원장이 살아있었다)이 북한을 집권할 수 있다고
말할 정도였다. 그런 그가 나에게 빨갱이냐고 묻는
저의는 뻔했다. 자기가 생각하는 사상, 그러니까
보수주의에 입각한 사상으로 봤을 때 찝찝한 책을
왜 골랐냐는 것이다. 내가 구매했던 책이 차라리
대놓고 『공산주의 선언』 같은 것이었다면 억울하지도
않았다. 스테디셀러라 칭하기도 민망한, 누구나 한
번쯤 들어봤을 법한 책. 조지 오웰의 『1984』였다.
　　『1984』를 읽어본 사람들이라면 공감하겠지만,
이 책을 읽었다고 해서 '빨갱이'가 되는 시대는 아마
진짜 1984년쯤이었을 것이다. 하지만 21세기가
10년도 더 지난 시점에 『1984』를 읽을 거라고 해서

빨갱이 소리를 들어야 했다. 정신교육 장교가
『1984』를 읽어나 보고 하는 소리인지, 읽지도 않고
하는 소리인지는 중요하지 않았다. 장교라는 지위로
조롱하고 금지하고 빼앗을 수 있는 자격이 그에겐
존재했다. 해당 도서를 두고 무엇이 '빨갱이스러운지'
논의할 기회는 내게 없었다.

　　빨갱이냐는 질문에 "아닙니다"라고 답할
수밖에 없었고, 그럼 빨갱이도 아닌데 왜 이런 책을
샀느냐는 질문에는 "고전이라서 한번 읽어보고
싶었습니다"라는 답만 해야 했다. 장교가 조롱하는
질문을 하나씩 던질 때마다 정보과에 있던 다른 중대
병사들이 키득거렸고, 나는 자연스럽게 그날의 가장
재미있는 콘텐츠가 되어있었다. 『1984』를 주문하지
않았다면 이런 일이 없었을 거라는 생각 때문인지
괜히 그 책이 미워졌다. 물론 책은 잘못이 없겠다.
아직 펼쳐보지도 못한 『1984』는 그렇게 장교 손에
의해 폐기됐다.

　　군부대는 그런 곳이었다. 장교가 내 책을 빼앗을
명확한 기준은 없었다. 그저 군인복무규율•에 명시된
제32조에 근거해 '보안성 검토' 명목으로 내 책을
회수해 갔다. 32조는 말한다.

•
현재 '군인의 지위 및 복무에 관한 기본법'으로 명칭
이 바뀌었다.

(불온표현물 소지·전파 등의 금지)
군인은 불온 유인물·도서·도화, 그 밖의 표현물을
제작·복사·소지·운반·전파 또는 취득하여서는
아니 되며, 이를 취득한 때에는 즉시 상관 또는
수사기관 등에 신고하여야 한다.

국가가 말하는 '불온'의 기준은 부대장이나
담당관의 입맛대로 바뀌었다. 지금은 군부대 내
보안성 검토가 없어진 것으로 알지만, 저 32조만큼은
법률에 그대로 명시돼 있다.
모두가 알다시피 대한민국 국군 통수권자는
대통령이다. 이에 대통령이 누구냐에 따라 군인사
역시 윗선부터 차근차근 교체된다. 『1984』를
빼앗기던 날 생활관으로 복귀하면서 괜히 그런
생각이 들었다. '만약 지금의 대통령이 이명박이
아니라 다른 사람이었다면 저 책이 회수됐을까?' 지금
생각해 봐도 명확히 답하긴 어렵다. 그러나 변하지
않는 사실은, 이명박이 통치하는 군대는 『1984』
정도의 책도 허용하지 않았다는 것이다. 나의 고향
부산에서는 대부분 '한나라당이 착한 정당'이라고
했고, 이에 당연히 한나라당 대통령 이명박은 서민을

위한 대통령이라고 했다. 그 '서민을 위한 대통령'의
군대가 고작 『1984』도 허용하지 않는다는 생각
때문에 허탈하고 웃겼다.

군대는 여전히 그런 곳이다. 정치와 분리된
채 오직 조국을 위하는 조직이라기보다는, 가장
정치적이고 가장 조직만을 위한 조직이다. 이 책의
초판 1쇄 발행일 기준, 가까운 사건인 '채 상병 사망
사건'만 봐도 그렇다. 용기 있는 내부 고발자를
탄압하려 국가와 군대가 합심해서 참군인을
멸망시키고 있지 않나. 그들에겐 아직도 '자아 없는
군인'만이 '참군인'일 것이다. 이 조직에 위기 시
국가의 운명을 맡겨도 될까? 정말로?

더 어처구니 없는 건, 이토록 곪을 대로 곪은
조직을 거쳤다는 것이 일종의 권력으로 작동하고
있다는 점이다. 스스로를 '만기전역자'라며 으스대는
한국 남자들과 그 남자들을 군필자라며 추켜세우는
한국 사회 말이다. 비효율의 극치를 달리고, 자아를
제거하는 것만이 조직에 스며드는 최적의 방법인
곳에 있었다는 이유로 '군필 남성'은 과도한 혜택을
받고 있다.

나는 군 가산점이 사라졌다고 생각하지 않는다. 정량 평가로 매겨지는 숫자는 사라졌어도, 여전히 한국 사회 곳곳에서는 한국 남자, 그중에서도 군대를 전역한 한국 남자를 훨씬 더 우대한다. 이게 얼마나 차별적인지 한국 남자 중심의 조직들은 언제쯤 깨달을까. 아마 영원히 깨닫지 않을 것이다. 그러니 아직도 '그렇게 억울하면 여자도 군대 가라'라는 말을 반사적으로 내뱉는 남자들로 가득하다. 징병제가 왜 생겼는지, 그 징병에 따른 '1등 시민' 혜택 제도는 누가 만들었는지 절대로 알려고 하지 않는 남자들이 지금도 서로의 엉덩이를 두들겨 가며 각자의 조직으로 끌어당기는 한국이다.

　2012년 1월, 끔찍한 조직을 나오자마자 나는 서점에서 『1984』를 새로 샀다. 빼앗기지 않은 채 내 방 책장에 꽂아두자 비로소 전역이 실감 났다. 그리고 세상은 이명박 다음 누구를 대통령으로 뽑을 것인가에 대한 말들로 서서히 시끄러워지고 있었다. 아무도 독재자의 딸이 대통령에 당선될 것이라고는, 그때는 예상하지 못했을 것이다. 나는 그의 당선을 해외에서 바라봐야 했다.

전직 군사 통치자의 딸

군복무를 마친 후 학교에 복학했을 땐 모든 게 내 자리 같지 않았다. 적당히 선택한 전공, 남들 하는 만큼만 겨우 해내서 쌓아 올렸던 1학년 성적, 데면데면한 관계들, 목적 없는 강의 수강 등 복학을 후회하게 만드는 것들만 주변에 남아있었다.

다시 휴학을 신청하고 호주 워킹홀리데이를 떠났다. 솔직히 말하면 집에 손을 벌렸다. 편도 비행기 티켓 값과 한 달 생활비 100만 원을 받았다. 나중에 돌아올 비행기 티켓 값과 한 달 후의 생활비는 충분히 벌 수 있을 것 같았다.

건조하게 말했지만, 사실 이건 혜택을 등에 업은 도피다. 다시 휴학을 '선택'할 수 있다는 것, 휴학 후 호주 워킹홀리데이를 떠날 수 있다는 것, 최소 생계비를 지원받았다는 것 등은 변하지 않는 사실이다. 그래서 나는 호주 워킹홀리데이가 인생의 전환점은 맞지만, 어디 가서 자랑스럽게 말하진 않는다. 스스로 일궈낸 게 아니기 때문이다. 2012년경 가계 상황이 여의찮았다면 불가능했던 일이다. 당시의 나는 멈춤을 선택하고 새로운 길로 도전해 볼 수 있는 기회를 '선물 받은' 것이 맞다.

어쨌든 영어 공부도 하지 않은 채 떠났기에

호주에 입국하자마자 일을 시작했다. 언어가 안 되는 노동자는 농장 일부터 할 수밖에 없다. 이마저도 일거리를 구하기 어렵지만, 나는 남자라는 이유로 쉽게 일을 구할 수 있었다. 한국이 유독 성별 임금 격차가 심하고, 채용 과정에서 여성에게 불리하게 적용되도록 시스템이 구축돼 있어서 해외는 좀 나을 것 같지만, 크게 다르지는 않았다. 여전히 같은 지구의 여성과 남성의 임금을 비교해 보면 남성이 월등히 높고, 채용이나 승진 제도도 남성에게 유리하게 짜여있다. 내가 도착한 당시의 호주 역시 크고 작은 모든 일자리에서 남성이 우대됐다. 또 한 번의 혜택을 입고 나는 딸기 농장에서 잠깐 일한 후, 서부의 복숭아 농장으로 떠났다.

호주라고 해서 한국 남자의 전횡이 없는 것은 아니다. 오히려 더 심하다. 워킹홀리데이가 아무리 일하며 여행하며 낭만을 추구한다고 하지만, 무얼 하든 언어가 안 되면 한국인을 통해 해결해야 하고, 크고 작은 한인 커뮤니티의 수장은 어김없이 한국 남자들이다. 간혹 드물게 여성이 우두머리일 때가 있는데, 아주 희박한 경우를 제외하고는 한국 남자의 이성 파트너라서 최종 결정권자는 또 한국 남자일 수밖에 없다. 호주의 한국 남자들은 본국에 있을 때보다 몇 배 더 가부장적으로 행동한다. 자기만의 조직을 쉽게 꾸리고, 약자를 빠르게 배척하며, 도구 교체하듯 이성 파트너를 바꾼다. 한국에서 눈치 보며 하지 못했던 행동들을 제약 없는 호주에서 마음껏 하는 것이다. 이 시스템이 커지고 커져서 만들어지는 게 각 도시 중앙 한인 커뮤니티다. 지금은 어떤지 모르겠지만 당시의 한인 커뮤니티는 약 90년대 초반 느낌의 '남존여비' 색깔이 짙은 집단이었다.

공적 언어 소통이 어려운 나 역시 한국 남자 우두머리에게 의존해 일거리를 받고 유지했다. '제이미'라는 영어 이름을 사용하는 남자였는데, 제이미는 가스라이팅을 잘했다. 강압적으로 명령을 내리지는 않지만, 그의 의견에 곧잘 따르지 않으면 안 되도록 커뮤니티 분위기를 만드는 데 탁월했다. 농장을 대상으로 노동력을 거래하며 일종의 '슈퍼바이저' 역할을 맡았던 제이미는 자신의 의견에 비판적인 한국 사람들을 능구렁이처럼 서서히 목을 졸라 제 발로 나가게 만들었다. 사업 수완을 넓힌 제이미는 말레이시아 출신 중국인들의 노동력도 농장과 거래했는데, 그들에겐 더 가혹했다. 그나마 한국 사람은 은근한 방식으로 몰아냈지만, 그들에겐 "짱깨 새끼들"이라며 대놓고 혐오했다. 나중에 제이미는 한국 사람들에게 이런 공지를 내리기도 했다.

"짱깨들 돈 우리가 좀 더 챙겨야 하지 않겠어요? 너네 일 못해서 시급 내려갔다고 하고 여러분 좀 더 챙겨드릴 테니까 짱깨들한테는 얼마 받는지 다 말씀하지 마세요. 여기 있는 분들만 보안 잘 지켜주면 아무도 모르는 거 아시죠?"

중국인이라는 이유 하나만으로 펼쳐지는 상황이었다. 농장은 슈퍼바이저 제이미에게 임금 전체분을 전달하고, 그걸 배분하는 건 제이미 몫이었으니 정말로 한국 사람들만 입 다물면 누구도 알 수 없었다. 실제로 중국 사람들이 일을 못 한 것도 아니고, 단지 중국인이라는 이유로 집단 전체를 부당 착취하는 제이미였다. 명백한 외국인 혐오였지만, 문제는 이 정책에 찬성하는 한국 남자들이 현장에서 박수를 보냈다는 것이다.

결과는 다행스럽게도 중국 사람들이 곧바로 이

사실을 알게 됐고, 개중에 가장 영어에 능통한 사람이 직접 슈퍼바이저로서 농장과 계약했다. 제이미는 한국 사람을, 그가 중국 사람을 별도 관리하는 형태로 바뀌었다.

요즘 한국 남자들의 중국 혐오를 볼 때마다 나는 제이미를 생각한다. 그때 제이미는 정말 아무런 이유 없이 중국인을 극도로 싫어했다. "왜 그렇게 싫어하세요?"라고 묻는 사람에게 "짱깨잖아요!"라며 짜증 난다는 표정으로 답하던 제이미를 기억한다. 그렇다고 한국 남자들이 무조건 외국인을 혐오하느냐? 그런 건 또 아니다. 한국 남자들은 '비백인 외국인'만을 혐오한다. 제이미도 백인들 앞에선 참 정중하고 다정한 코리안이었다. 농장주가 괜찮은 할아버지라며, 호주 사람들 정직하고 공정하다며 좋아하던 제이미의 이중적 태도가 대단했다. 어찌 보면 그는 가장 한국 남자스러운 인간일 뿐이었다. 자기가 가진 정보를 이용해 구성원들을 지배하고, 자기보다 권력이 센 쪽에는 납작 엎드리고, 조금만 빈틈을 보이는 사람이 있으면 어떻게 공격하고 조롱할지 고민하는 그런 '한국 남자의 정석'이었다.

제이미에게 질린 나는 농장과 커뮤니티를
떠나 가까운 도시인 '퍼스'로 향했다. 퍼스는 호주
서부에서 가장 큰 도시였다. 농장에서 일할 때 여러
호주인과 영국인들에 섞여 지내다 보니 어느 정도
실무 영어를 익힌 나는 시티에 가서도 무리 없이 일을
구할 수 있을 것 같았다. 하지만 현실은 또 달랐다.
한국인, 특히 농장 경험이 많은 한국인은 도시의
여러 일자리가 반기지 않는 종류의 외국인이었다.
퍼스 시티는 말 그대로 대도시였다. 고층 빌딩이
즐비하고 화이트칼라 직종이 많은, 호주에서 네
번째로 큰 도시였다. 이에 일자리 대부분이 카페,
레스토랑, 사무직 파트타이머 등에 집중돼 있었고
농장 경험만 많은 나로서는 쉽게 채용되지 못하는
일자리들이었다. 어쩔 수 없이 또 한인 커뮤니티에
기댈 수밖에 없었다. 한국인이 운영하는 레스토랑에
취직했다.

노동권 지수가 언제나 최하위권에 머무는
한국이라 그런지, 호주에서도 한국인은 한국인을
당연하게 착취했다. 지금은 어떤지 모르겠지만, 당시
한국인이 운영하는 업체에서 일하려면 호주 법정
시급보다 낮은 금액을 받고 일해야 했다. 표면상

내세우는 이유는 많았지만 결론은 '다들 이렇게 하니까 너도 이만큼만 받아야 한다'였다. 호주 법정 시급에서 적게는 10%, 많게는 30% 적게 책정하는 게 한국인 사장들이었다. 돌고 돌아 또 언어 이야기를 할 수밖에 없지만, 정말로 호주 워킹홀리데이는 영어가 안 되면 한국인들의 거대한 착취 구조 안에 들어가는 것과 다르지 않다. 한국에서 한국인에게 착취당하느냐, 외국에서 한국인에게 착취당하느냐일 뿐이다.

언어가 필요하지 않은 직종에서 쌓은 경력은 어쩔 수 없이 언어가 필요하지 않은 직종에서만 일할 수 있도록 만들고, 그 끝엔 항상 한국인들이 두 팔 벌려 환영하고 있다. 무엇도 마음에 들지 않는 환경 때문에 도피성으로 준비도 없이 호주에 온 나로서는 임금을 착취당한다 해도 한국인과 일해야 했다. 모든 게 내가 선택한 과정에서 벌어진 일들이라 받아들이기로 했다. 하지만 가장 절망적이었던 건, 투표권을 보장받지 못한다는 사실이었다.

제18대 대통령 선거에 참여하려면 국외 부재자 신고를 해야 했다. 주민등록이 된 한국인이 선거 당일 외국에 체류하고 있거나 체류 예정일 경우, 몇 가지

증빙을 통해 해외에서 투표할 수 있도록 신고하는 과정이다. 이 과정은 어렵지 않으나, 문제는 내가 머물고 있는 지역이었다. 당시 호주에서 국외 부재자 투표를 하려면 캔버라, 시드니, 멜버른 등 동부 대도시로 이동해야 했다. 서부에는 투표할 수 있는 곳이 없었다. 호주 한인회에서 이런 사정을 고려해 여기 퍼스 시티로 투표 관련 출장 방문을 하는 경우가 있었지만, 그건 이미 내가 퍼스 시티에 도착하기 전에 다 끝난 상황이었다. 결국 나는 이러나저러나 호주 동부로 가서 투표해야 했다.

비행기 티켓 가격뿐만 아니라 휴가를 별도로 받아야 이동 가능한 거리라는 게 가장 큰 문제였다. 호주는 워낙 땅덩어리가 커서, 그나마 가까운 멜버른까지만 해도 비행기로 왕복 10시간가량 이동해야 했다. 퇴근하자마자 출발해서 오전에 투표하고 곧바로 돌아온다는 일정을 짜도 최소 이틀의 휴가가 필요했다.

내가 일하던 곳의 한국인 사장 부부에게 투표를 하고 올 수 있겠냐고 물었더니 이해할 수 없다는 듯한 표정으로 말했다.

"굳이 왜? 희석이 너 뭐 정치 쪽 관심 있어?"

그렇다. 그들은 투표를 '정치 쪽에 관심이 있어야만 하는 행위'로 인식하고 있었다. 시민권자와 영주권자로 구성된 한인 가족에게 나는 이해할 수 없는 사람이었다. 구태여 시간과 비용을 할애하면서까지 투표하고 싶다는 내가 유난스러웠을 것이다. 독재자의 딸이 유력한 대선후보로 나왔다고 해도, 그를 막아야 대한민국의 자존심을 지킬 수 있다 해도 그들은 관심 없었다. 그저 지금 본인들이 누리는 이민의 달콤한 맛을 즐기고 싶을 뿐, 이 공간에서 정치적 이유로 노동자가 자리를 비우는 건 용납할 수 없는 사람들이었다. 그럼에도 나는 정중히 휴가를 요청했지만, 돌아오는 답은 갑갑했다.

"네가 아직 어려서 잘 모르겠지만, 누가 대통령이 되든 똑같아. 문재인 뽑고 싶어서 그러지? 박근혜가 대통령 되면 나라가 무너질 것 같지? 아니야. 똑같아. 이명박이 대통령되면 호주 시민권 딸 거라는 애들 한둘이었는 줄 아니? 서로 불편한 상황 만들지 말자. 요즘 한인잡도 구하기 힘든 거 알지?"

인정할 수밖에 없었다. 동부 일자리가
줄어들면서 서부로 넘어오는 한국인이 늘고 있었다.
내가 일하는 레스토랑에도 예정 없이 불쑥 이력서를
들고 오는 한국인이 하루에 두세 명씩 있을 정도였다.
게다가 신념을 지키려 아예 퇴사한 후 멜버른에서
투표하고 온다고 한들, 보수적인 퍼스 한인 사장
커뮤니티에 어떻게 소문날지 뻔했다. 서부 생활을 다
정리하고, 동부 쪽에 새롭게 자리 잡은 후 투표하지
않는 이상 퍼스로 돌아오는 건 불가능한 일이었다.

지역을 이동해 재정착하기엔 돈이 부족했고,
멜버른에 갔다가 오면 통장에 200달러가 남는
상황이었다. 한 달 방세가 200달러였으니 나는
투표를 마치고 돌아오면 기적적으로 일자리를 새로
구하지 않는 이상 한 달 동안 아무것도 먹지 않고
숨만 쉬어야 했다. 이 말은 즉, 한국으로 돌아갈
비행기 티켓값도 사라진다는 뜻이다. 호주 출국 전
기왕 집에 손 벌리는 김에 왕복으로 끊어놓을 것을.
후회해봤자 소용없었다. 결국, 나에겐 아무런 방법도
남아있지 않았다. 내 생애 처음으로 대통령을 선택할
수 있는 기회를 포기했다.

알고 있다. 사실 이것은 모두 변명이다. 먹고
사는 게 급하다고 해서 포기해선 안 됐다. 어차피
집에 손 벌린 경험이 있으면 투표 후 눈 질끈 감고 또
부탁하면 됐다. 한국이 아닌 호주라는 나라에서 돈이
없으면 진짜로 생존이 위험해질 것 같다는 두려움에,
내가 선택한 생활에 또 한 번 부모의 도움을 받고
싶지 않다는 알량한 자존심에 나는 비겁한 선택을
했다. 그때 진심으로 호주에 온 것을 후회했다. 아니,
도망치듯 호주에 온 것을 후회했다. 자연스럽게
지나간 시간 속 나를 탓했다. 서부가 아닌 동부에
자리 잡을걸, 영어 공부 좀 하고 호주에 올 걸, 호주에
오는 게 아니라 그냥 학교에 다닐걸, 복학해서
남들처럼 대학 생활 열심히 할걸. 모든 게 내가
선택한 결과라서 누구도 탓할 수 없었다.

　　국외 부재자 투표는 한국의 본 선거일보다
일찍 이뤄진다. 국외 부재자 투표가 끝나고 며칠 뒤,
대한민국 제18대 대통령 당선 결과를 실시간으로
봤다. 퍼스는 한국과 시차가 1시간 정도밖에 차이
나지 않는다. 나는 다시, 내가 여기에 있다는 게
후회스러웠다.

다음 날 출근길, 편의점 앞 신문 가판대에 박근혜 당선인 사진이 1면에 인쇄된 신문이 있었다. 헤드라인 전체가 정확하게 기억나진 않지만, 아직도 선명한 문장이 있다.

THE DAUGHTER OF
A FORMER MILITARY RULER
전직 군사 통치자의 딸

박근혜 집권 1년 차에 나는 한국으로 돌아갔다.

2014

키메라, IS, 안티 페미니스트

박근혜 정권은 보수 정권인가. 통념에 따르면 대부분 맞다고 하겠지만, 나는 그들을 '극우 정권'이라 부르고 싶다. 다만, 편의를 위해 이 책에선 한나라당부터 이어져 온 자칭 보수 정당이 집권한 시기를 보수 정권으로 갈음했다.

내가 경험한 한국 보수 정권의 가장 큰 특징은 두 가지다. 첫째, 누구보다 열심히 기존의 체계를 무너뜨린다. 둘째, 그렇게 무너지는 과정에서 방치되는 개인을 철저히 외면하고 이익만 추구한다. 이 두 특징이 워낙에 빠른 속도로 이뤄지는 탓에 국가 곳곳에서 문제들이 마치 불꽃놀이처럼 화려하게 폭발한다. 보수 정권의 책임자들이 찬란한 멸망을 높고 고요한 곳에서 즐기는 동안 평범한 시민들은 신음할 수밖에 없다. 이명박 정권 때는 무지해서 몰랐던 사실을 박근혜 정권부터 피부로 느끼기 시작했다.

호주에서 돌아온 후 곧바로 학교에 복학했다. 이제는 하고 싶은 게 생겼던 터였다. 글을 쓰고 싶었다. 정확히 말하자면, 글로 '기록'을 하고 싶었다. 문학이 됐든, 보도가 됐든 지금을 기록해서 오래 남기거나 다른 이에게 알리고 싶었다. 그렇게 끊임없이 무언가를 써 내려가야 속에서 곪는 말들이 그나마 해소될 것 같았다. 그중에서도 취재 기반의 글쓰기가 이뤄지는 '기자'가 되고자 했다. 본전공인 유전공학과 정반대지만, 그럼에도 하고 싶은 마음으로 가득했다. 신문방송학과를 복수전공 과목으로 신청하고, 대학언론사 신입기자 시험에 응시해 합격했다. 이 과정들을 『몇 줄의 문장과 몇 푼의 돈(2021)』에선 조금 가볍게 표현했지만, 솔직하게 말하자면 나는 당시 꽤 진지했다. 그때의 선택 덕분에 지금까지 나는 글로 밥벌이하며 살고 있다.

박근혜 정권 역시 촘촘하게 엮인 사회안전망 체계를 빠르게 무너뜨렸다. 2014년 세월호 참사, 중동호흡기증후군(메르스) 방역 공백 등 시민 안전은 늘 예외로 두는 정부였다. 여러 가지 사회적 사건은 이미 기성 매체에서 자주 다루고 분석한 만큼, 나는 내가 직접 보고 겪은 것들을 여기에 기록한다.

나와 비슷한 시기(2010년 전후)에 대학에 진학한 사람들이라면 누구나 공감할 것이다. 박근혜 정권은 대한민국의 청년 실업 가속화에 가장 큰 역할을 했다. 그전까지 많아 봤자 8.2%를 기록했던 청년 실업률은 박근혜 정부 2년 차에 최초로 9%를 달성했다. 통계

수치가 증명하듯이 실제로 2010년대 중반 지역 대학가에는 일자리 칼바람이 불었다. 실업률이 서서히 올라간 게 아니라 갑작스러운 상승이어서 대학가 전체가 비상 상황이었다. 한겨울 동파 경고도 없었는데 다음 날 아침 집안의 모든 수도가 묶인 것과 같은 당황스러움이 캠퍼스에 펼쳐졌다.

그때의 이야기를 더 꺼내기 전에 미리 하나만 짚고 가고 싶다. 지금부터 하고자 하는 이야기의 목적은 '우리가 제일 힘들었다'가 아니며, '객관적으로 과연 어떤 세대가 더 힘들었는가'를 비교하고자 하는 것 역시 아니다. 단지 내가 직접 경험한 당시의 분위기를 개인적 관점에서 말하고자 하는 것뿐이다.

박근혜 정부는 희망을 끊어버리는 정부였다. 청년 실업이 날이 갈수록 심각한 건 그들 말대로 '시대상 어쩔 수 없는 현상'이었을지 모르겠지만, 적어도 손을 놓지는 말아야 했다. 통계청 「경제활동인구조사」에서 15세부터 29세까지의 고용동향을 보면 박근혜 정권 전까지의 청년 실업률은 하락하는 모양새였다. 심지어 박근혜 전엔 이명박이었다는 점을 고려해 보면 이건 박근혜 정부가 문자 그대로 '아무것도 하지 않았음'을 증명하는 셈이다. 보수 정치인들이 고장난 카세트처럼 구간 반복하는 말이 있다. "어떻게 그게 다 대통령 탓이냐"라는 말. 한 나라를 운영하는 원수가 청년층 일자리까지 세세하게 관리하기 어렵다는 식으로 말한다. 완벽한 헛소리라는 걸 그들만 모른다. 대통령이 '직접' 일자리를 만들라고 한 청년은 아무도 없다. 대통령 책임하에 고용 시장 전반을 담당하는 국가 기관이 자신의 몫을 다하길 바란 것뿐이다. 그것도 하지 않을 거면 도대체 왜 대통령 자리에 앉았는지 따지는 질문에 보수 정치인과 지지자들은 "고귀하신 우리 영애께서 어떻게 그걸 다 챙기느냐"라고 훈수만 뒀다.

박근혜 정권하에 '일자리 창출' 목적으로 행해진 것이 딱 하나 있긴 하다. 바로 대학 구조조정이다. 취업률이 낮은 학과끼리 묶어서 통폐합해 버리는 시도가 전국적으로, 그것도 국가 주도하에 이뤄졌다. 그러니까 이런 식이다.

'청년 실업률이 높네? 취업을 시켜야겠네? 가만 있어보자… 취업 안 되는 학과가 어디지? 걔네를 취업률 높은 학과랑 묶어볼까? 괜찮겠는데? 합치자!'

농담이 아니라 진짜 이런 식의 일방적 통폐합이 대학 기관마다 일어났다. 내가 소속된 대학언론사에서 이와 관련된 사실을 심층 보도하려고 했을 때 대학 기관에서 번번이 막고 윽박질렀던 기억도 선명하다. 학교에 대자보가 붙으면 금세 제거되고, 게시판에 관련 글이 업로드되면 소리 소문 없이 사라지는 경우도 있었다. 대학 기관 입장에서도 정부에서 나서주니 신나게 학과를 썰어내고 붙여서 합체시켰다.

정부와 대학의 짝짜꿍을 막아서야 했던 거대 야당마저 기를 쓰고 막지는 않았다. 여러 이유가 있겠지만 취업률 낮은 학과의 대학생들을 위해 싸운들 '표'가 되지 않을 거라 판단하지 않았을까. '표'가 되는 곳이라면 부르지도 않았는데 달려오는 게 정치인들 아니었나. 그래서 이쯤에서 다시 한번 묻는다. 대학을 취업사관학교로 전락시키고, 학문의 전당 역할을 지운 건 진정 누구인지 말이다. 정치의식이 부족해서 먹고 사는 것만 추구하는 청년들일까, 기성 권력자인 당신들일까.

대학 구조조정이 신명 나게 이뤄진 결과 중 하나로 우리 대학에는 '키메라' 학과가 탄생했다.

키메라는 그리스 로마 신화에 등장하는 괴물인데, 염소의 몸통에 사자의 머리, 꼬리는 뱀이다. 염소의 젖을 생산함과 동시에 사자의 강한 턱을 가지고 있으며, 꼬리로는 뱀의 맹독을 이용한 공격이 가능하다. 이런 키메라 같은 학과가 마침내 탄생한 것이다. 학교 측의 설명을 풀어보자면 해당 학과는 의학적 지식과 더불어 생명윤리 탐구라는 명목의 철학적 지식까지 가르친다고 했다. 이름하여 '철학생명의료윤리학과'다.

해당 학과를 졸업했거나 현재 재학 중인 분들을 비하할 의도는 전혀 없다. 하지만 분명한 사실은, 철학생명의료윤리학과는 대학 측에서 구성원과 충분히 논의하지 않고 일방적으로 이것저것 떼어내 붙인 만든 학과라는 것이다. 취업률에 도움 되지 않는 인문학에 의료라는 디딤돌을 끼워 넣는 편법이 이뤄지는 데도 누구 하나 손쓸 수 없었다. 이런 일이 가능했던 이유는 아무리 돌이켜봐도 보수 정권의 '보살핌' 덕분이다. 기존 체계를 빠르게 무너뜨리면서, 거기서 발생하는 다양한 목소리는 묵살시키는 정부가 있었기에 키메라 같은 학과도 자연스럽게 나올 수 있었다.

보수 정권인 박근혜 정부가 대학 기관에 바라던 바가 무엇인지는 알겠으나, 그 바람을 잔인한 방식으로 밀어붙일 필요는 없었다. 그럼에도 박근혜 대통령은 꼭 자신의 아버지가 행하던 것처럼, 전직 군사 통치자의 딸답게 일방통행으로 짓밟았다. 그들이 말하는 '대의'를 위해서라면 '어쩔 수 없다'는 듯이 말이다.

박근혜 정부가 원하는 방향으로 대학 기관이 재조합되고 있을 때, 대학 바깥에서도 또래의 삶들은 각자도생으로 방치되고 있었다. 그중 또렷하게 기억할 수밖에 없는 사건 중 하나는, 한 청년 남성이 2015년 초에 이슬람 수니파 무장단체 'IS(이슬람 국가)'에 자진해서 간 일이다. '김 군'으로 알려진 이 한국 남자는 납치나 협박이 아니라 본인의 계획하에 제 발로 테러 단체에 들어갔기에, 한국 사회 전체를 충격에 빠트렸다. 이때 나는 대학언론사 신문 한 면을 김 군과 IS에 대한 분석 기사로 채워야 했다. 관련 자료와 교수 인터뷰를 수집하기 위해 이곳저곳 계속 돌아다녀서 더욱 이 사건이 기억에 남는다.

이 사건은 거칠게 요약하자면, 보수 정권의 방임이 국제 테러리스트를 양산한 뼈아픈 역사다. 김

군 외에도 은밀하게 IS에 가담한 한국 남자가 꽤 있는 것으로 알려졌지만, 김 군처럼 공개적으로 IS 가담 의지를 밝힌 경우는 처음이었다. IS가 김 군을 유인할 수 있었던 핵심 이유는 다른 곳에 있지 않다. 바로 한국 정부가 시민을 안전하게 보호할 책임을 다하지 않았기 때문이다. 자국민에게 접근하는 IS를 확실히 차단하지 않았고, 사회에 불만을 품은 채 스스로를 고립에 빠트리는 청년을 무책임하게 방치했으며, 사후 대책이나 추적마저도 다 하지 않았다. 그 결과 '제2의 김 군', '제n의 김 군'이 한동안 계속해서 나타났다.

당연하게도 김 군을 비롯한 IS 가담자들은 마땅히 비판받아야 한다. 납치나 협박이 아니라 스스로 테러리스트가 되길 선택한 이들을 옹호할 마음은 한 톨도 없다. 그러나 범죄자가 양산되도록 환경을 만든 정부, 그 정부의 최고 통수권자였던 박근혜 대통령에게는 무거운 책임이 있다. 국가의 원수로서 정신이라도 차릴 법하지만, 박근혜 대통령은 김 군의 IS행이 확실시되던 해에 잊을 수 없는 망언을 일삼았다. 11월경 광화문에서 열린, 정부 대상 시위 '민중총궐기 집회'에 복면을 쓰고 참여한 시민들을 두고 "IS 같다"라고 표현한 것이다. 사적인 자리에서 비밀스럽게 말한 것도 아니다. 공식 국무회의 자리에서 모두발언을 통해 정확히 말했다.

"이번에야말로 배후에서 불법을 조종하고 폭력을 부추기는 세력들을 법과 원칙에 따라 엄중하게 처리해서 불법과 폭력의 악순환을 끊어내야 할 것"이라며 정당한 시위에 배후 조종 세력이 있다고 규정했다. 곧이어 "특히 복면 시위는 못하도록 해야 할 것"이라며 "IS도 그렇게 지금 하고 있지 않습니까? 얼굴을 감추고서"라고 강조했다. 한 국가의 대통령이 자국민을 국제 테러단체에 비유하면서, 실제로 IS를 향하도록 시민을 방치했던 과오를 아예 잊은 듯한 발언이었다.

보수 정권이 말하는 '보수'의 사전적 정의는 '보전하여 지킴'이다. 보전하여 지키는 것을 최우선 가치로 삼는다는 정부가 되레 그 반대의 행보만 보이고 있는데 어떻게 이들을 보수 정권이라 할 수 있는지 나는 아직도 이해가 되지 않는다.

한편, 하나 더 짚고 넘어가야 할 사실이 있다. 김 군이 IS행을 선택한 '이유'다. 여러 가지 복합적 맥락을 연구하고 분석해야겠지만, 내가 주목하고 싶은 건 김 군이 자신의 트위터 계정을 통해 했던 말이다.

"요즘 시대는 남성이 반대로 차별받는 시대야.
그래서 난 페미니스트를 싫어하지. IS가 좋아."

뜬금없이 페미니스트를 언급한 것처럼
보이지만, 지금 시점에 이 말을 가만히 들여다보면
한국 남자들이 주장하는 '역차별 논리'가 그대로
스며들어있다. 보수 정권이 마련한 사회에서는
모두가 각자도생으로 살아가야 하기에 기득권이 아닌
이상 누구나 어려운 상황에 처할 수밖에 없다. 그런데
이상하게도 한국 남자들은 이 울분을 사회적으로
취약한 존재를 공격하는 데 사용한다. 김 군이
페미니스트를 언급한 것도 이러한 맥락일 것이다.
본인이 사회적으로 고립된 이유는 '남성이 차별받기
때문'이며, 이 역차별이 발생한 원인은 '페미니스트가
존재하기 때문'이라고 믿는 것이다. 앞뒤가 하나도 안
맞는 소리지만, 10년 가까이 지난 지금 시대의 한국
남자들은 김 군의 논리를 답습하고 있다.
한국 사회의 여성 혐오 현상은 갑자기 일어난
것이 아니며, 참으로 유구한 전통을 자랑하고

있지만, 페미니스트가 싫다는 이유로 IS를 택한 김 군이 등장한 후부터 더더욱 불타올랐다고 개인적으로 생각한다. 그림자에 숨어서 음습하게 여성 혐오 발언을 하던 한국 남자들이 대놓고 공개된 장소에 등장하던 시절이었다. 마치 이제야 정당한 발언권이라도 얻은 듯이 '우리는 역차별의 피해자다' 주장을 추잡하게 외치며 '김치녀' 등의 단어를 종일 쏟아냈다.

이때라도 바로 잡았어야 했다. 여성 혐오라는 개념을 정책 책임자든 정당이든 누구든 제대로 정립하고 대책을 세우지 않았던 2015년. 그로부터 약 1년 후, 서울도시철도 2호선 강남역 10번 출구 인근의 공용 화장실에서 '여성 혐오 살인 사건'이 발생했다.

2016년 5월 17일이었다.

그것은 여성 혐오 살인이었다

2016년 강남역 10번 출구 인근 화장실 여성 혐오 살인 사건 관련해 밝혀진 '사실'을 정리하면 다음과 같다.

· 살인자는 여성과 남성이 공용으로 사용하는 화장실에서 기다렸다.
· 살인자는 화장실을 이용했던 6명의 남성을 그냥 보냈다.
· 살인자는 6명의 남성 이용자가 지나간 후, 화장실에 입장한 20대 여성을 살해했다.
· 살인자는 "평소 여성들에게 무시를 당해 범행했다"라고 경찰에 진술했다.

위 네 가지 문장은 아무것도 꾸미지 않고 세상에 드러난 사실 그 자체다. 그렇다면 이것은 명백한 '여성 혐오 살인 사건'이다. 그럼에도 경찰 측은 여전히 이 사건을 '묻지마 살인'으로 축약한다. 어떻게 이런 결론이 가능한지 따져보려면 우선, 이 사건을 언급하는 남성 화자인 나부터의 반성이 필요하다. 나 역시 한남 집단에 분명하게 소속돼 있기 때문이다.

강남역 10번 출구 인근 여성 혐오 살인 사건(이하 '강남역 여성 혐오 살인 사건')을 뉴스에서 처음 알게 됐을 때, 충격적이었다. 그러나 이 충격은 '어떻게 여자를 특정해서 죽였는가'가 아니라 '어떻게 일면식도 없는 사람을 죽였는가' 때문이었다. 나 역시 애초에 이 사건을 여성 혐오에 기반한 살인 사건이라고 인지하지 않았다. '안타깝지만 종종 일어나던 살인 사건' 중 하나로만 인식했다. 살인 피해 당사자가 여성임에도 불구하고 피해자의 성별을 생각하지 않는 것이다. 이건 내가 한국이라는 가부장 사회에 태어나 남성 권력을 태어나자마자 획득하고, 가부장 시스템에 기생하거나 부역하며 살고 있기 때문에 가능한 사고방식이었다.

　　이를테면 이런 식이다. 강남역 여성 혐오 살인 사건의 피해자가 '나'였을 수도 있다는 생각을 곧바로 하지 않는 것이다. 또한, 공용 화장실에 대한 공포도 없으니 살인 사건 장소가 화장실이었다는 걸 보면서 '공용 화장실이 저래서 무섭다니까'가 아니라 '어떻게 공개된 화장실에서 사람을 죽여?'라는 생각만 했다. 남성이라는 혜택 덕분에 겪지 않은 일들이었기에 일말의 공감도 못 한 채 '저것은 일면식도 없는 사람을 죽인 사건이다'밖에 생각하지 못했다. 같은 사회를 살아가면서 성별이 다르다는 이유로 축적된 공포도 달랐다.

하지만 이처럼 축적된 공포가 남성들에게 없다는 사실이 면죄부가 될 순 없다. '그래 남자들은 잘 모르니까'라는 이해는 절대로 없어야 한다. 내가 뒤늦게라도 해당 사건을 여성 혐오 살인 사건이라고 인지하게 된 계기는, 피해자와 같은 성별의 동료 덕분이었다. 대학언론사에서 함께 일하던 후배가 지나가듯이 말했다.

"선배, 묻지마 살인이라고 하기엔 너무 많이 물어봤잖아요. 살인자가 스스로한테. 남자 여섯 명 지나가는 동안 골라내면서 엄청 물어봤겠죠. 죽일까? 아니야 남자임. 죽일까? 아니야 남자임. 살인자가 여자였고 남자만 골라서 죽였으면 지금처럼 묻지마라고 안 불렀을걸요?"

너무 당연한 말이었다. 이 당연한 말을 직접 대화를 통해 들으니 그제야 실감이 났다. 사건을 다시 바라보기 시작했다. 그러자 내가 이 사건을 여성 혐오와 무관한 사건으로 인식하려고 '노력'했다는 것을 깨달았다. 적극적으로 "이건 여성 혐오가

아니야!"라기 보다는 "여성 혐오도 있겠지만 꼭 그
이유만으로 사람을 죽였다고 하면 너무 단순하지
않나?"라는 식으로 부정했다. 후배의 말을 듣자마자
그동안 내가 생각했던 사고방식이 부끄러워서
목구멍까지 뜨거웠다. 오랜 시간이 흐른 뒤 후배에게
이런 말을 해줘서 부끄러웠고 고마웠다고 조심스럽게
말했을 때, 후배는 기억하지 못했다. 정말로
지나가듯이 말해준 그 말이 아니었다면 나는 지금도
강남역 여성 혐오 살인 사건을 묻지마 살인 사건이라
불렀을지도 모른다.

　　　그때부터였던 것 같다. 어떤 자리에 갔을 때
이 사건을 누군가가 말하면 "아 그 여성 혐오 살인
사건 말이죠?"라고 해맑은 척하며 콕 짚어서 말했다.
슬프게도 "네 맞아요"라는 답은 거의 들을 수 없었다.
대부분 께름칙한 표정으로 "예 뭐… 그렇게 부르기도
하죠" 식으로 말했다. 대놓고 "그건 억지고, 묻지마
살인 사건이 맞아요"라고 반박하는 사람은 없었다.
이것도 아마 내가 남자여서 그랬을 것이다. 남자가
말할 때와 여자가 말할 때 돌아오는 답은 다르다.
내가 아마 여자였다면 수없이 공격받고 지쳐서
나가떨어졌을 것이다.

딱 한 번. 적극적인 반대는 아니지만, 묻지마 살인 사건으로 몰아가려는 사람을 경험한 적은 있다. 대학 선배, 동기, 후배 등이 모인 술자리였는데, 이런저런 이야기를 하다 보니 강남역 여성 혐오 살인 사건이 화두에 올랐다. 그때도 나는 "아 그 여성 혐오 살인 사건 말이죠?"라고 했고 잠깐의 불편한 기운이 테이블 위로 스쳤다. 그러자 한 남자 선배가 말했다.

"근데 그 범인, 조현병이잖아?"

한국 남자들의 연대 정신이라고 해야 할까. 한국 남자들은 어떤 범죄 피해 사실에 있어서 피해자가 여성이고 가해자가 남성이면 꼭 그 가해 남성의 '서사'를 '객관적 사실'보다 더 중요시한다. 살인이든 성폭력이든 절도든 반드시 가해 남성에게 '무슨 이유가 있었는가'를 집요하게 물고 늘어진다. 한국 남자 전반적인 정서가 이 모양인데, 요직에 위치한 사람들 역시 대부분 한국 남자이기에 사회 여론이 '그 남자는 왜 범죄를 저지를 수밖에 없었는가'로 흘러간다.

남자 선배의 조현병 언급도 이러한 맥락에서

탄생한 것이겠다. 일단 조현병이 모든 범죄의
동기가 되는 질환이 아닐뿐더러, 실제 조현병이
거론된 살인 사건을 살펴봐도 '여자만' 골라서
살해한 사례는 특별히 없었다. 그럼에도 불구하고
여성 혐오를 인정하지 않기 위해 애꿎은 조현병을
꺼내 '이것은 정신질환에 의한 범죄다'로 황급히
수습하려는 모양새가 딱하고 우스웠다. 선배의
궤변이 어이없어서 여러 가지 사실 관계를 언급하며
"이런데도 여성 혐오가 아니라고요?"를 물었지만,
모임 분위기를 '화기애애하게' 만드는 게 급선무인
여러 사람 때문에 대화는 흐지부지 마무리됐다.
이와 비슷한 경험을 나만 했던 건 아닐 것이다. 가족
단위에서, 친구들 사이에서, 직장 동료 관계에서,
가깝고 먼 여러 사람들 속에서 "그건 여성 혐오라
볼 수 없는데 당신 참 이상하다" 식의 반응을 받은
사람들이 높은 확률로 지금 이 책을 읽고 있지
않을까.

　　지금도, 아직도 강남역 여성 혐오 살인 사건을
'묻지마 살인 사건'으로 대체하려는 우리 한남
동지들이 있다면 꼭 말하고 싶다. 당신은 추악한
자존심을 부리고 있다는 걸 분명히 알아야 한다.

그것은 당신이 피해 당사자의 입장에서 공감하지 않겠다는, 시민 사회 동료로서 최소한의 예의를 포기하겠다는 선언과 같다. 부끄러운 줄 알아야 한다.

곰곰이 생각했다. 나를 바꾼 계기가 후배의 말 한마디였다면, 다른 사람들의 생각을 바꿀 수 있는 언어는 무엇일까. 가만히 생각하다 내린 결론은 역시나 '정치'였다. 그때의 정치는 여성 혐오 언급을 최대한 기피했다. 사건 발생 후 '이 사건은 여성 혐오에 기반한 살인이다'라고 처음 논평한 원내 정당은 정의당과 국민의당이 유일했다. 거대 양당은 여성 혐오라고 하지 않았다. 새누리당은 아예 사건을 무시했고, 더불어민주당은 묻지마 살인 사건으로 일축했다.

심지어 프로파일러 이력 덕분에 당선된 모 남성 정치인은 "이 사건을 두고 여성 혐오 범죄다 아니다로 나뉘어 서로에 대한 날 선 공격과 폭력적 언행을 행사하고 있는데, 단연코 '범죄의 정치화'에 반대한다"라며 여성 혐오에 대한 논의를 무력화시키기도 했다. 이처럼 여론을 설득해야 할 큰 스피커들이 여성 혐오를 부정했기에 시민

정서도 그렇게 흘러갔다. 오히려 정치는 혐오자와 차별주의자들에게 힘을 실어준 꼴이 됐다. 누군가 여성 혐오 사건이라 말하면 "뉴스에서 아니라던데?", "그 프로파일러 출신 국회의원도 아니라던데?", "민주당도 묻지마 범죄라고 하던데?" 식으로 혐오의 근거를 마련해 준 것이다. 사건 발생 후 몇몇 굵직한 정치인들이 강남역 현장에 방문해서 추모했다고 해도 그들의 말과 글에서 '여성 혐오' 네 글자는 당최 찾아보기 힘들었다.

정치의 언어에서 여성 혐오가 실종된 2016년이었다. 세월이 흐른 지금에서야 거대 양당에서도 당시의 사건을 여성 혐오 사건이라고 간혹, 정말 간혹 언급하긴 하지만 이미 늦었다. 강남역 여성 혐오 살인 사건은 정치에 의해 완벽히 '묻지마 살인 사건'으로 종결됐다.

정치는 조용했지만, 시민 사이에서의 논쟁은 활발했다. 여성 혐오라는 단어만 보면 재채기처럼 드잡이부터 시작하는 한국 남자들을 상대하는 것을 '논쟁'이라 부르기 부끄럽지만, 어쨌든 여성 혐오에 대한 개념이 미약하게나마 '대중화'되고 '페미니즘 리부트'라 부를 수 있는 시기였던 것은 맞다. 이는 결국 정치가 시민의 속도를 따라오지 못하는 것을 증명한다. 여론을 정교하게 다듬어 정책으로 만들어야 할 정치가 여성 혐오 의제에서만큼은 손을 놓고 있었다. 소수의 정당, 소수의 의원들은 외쳤을지 몰라도 소수에 그치고 말았다는 점에서 반성이 필요하다.

역시나 '표'가 되지 않기 때문에 그들은 여성 혐오를 정치 무대 위에 올리지 않았다. 당에 피해가 갈까 봐, 정치생명에 오점을 남길까 봐, 비난받을까 봐 여성 혐오 의제를 피해 다닌 정치인들은 뛰어난 회피 능력 덕분인지 지금까지도 정치판에서 권력을 쥔 채 살아있다. 나와 비슷한, 혹은 나를 대신할 사람을 내세우는 게 대의정치인데, 인류의 절반인 여성을 대신해 여성 혐오를 반드시 막겠다며 최전선에 나선 국회의원이 극소수였다는 사실은 한국이 얼마나 여성 혐오적인 국가인지를 보여준 역사다.

박근혜 정권 4년 차였다. 여성 혐오를 정치의 언어로 올리려는 시도 대신 정권교체가 더 중요시되던 때였다.

여름 이후부터 언론을 통해 부끄러운 사실이 하나둘 밝혀지기 시작했다. 국정농단, 그리고 대통령 탄핵의 서막이 오르는 중이었다.

촛불 집회는 다 꿈이었을까

마음의 빚이 있었다. 유권자의 권리를 행사하지 못했던 2012년. 그때부터 꾸준히 체기처럼 가슴이 꽉 막혀있었다. 부채감 때문인지 더욱 적극적으로 박근혜 대통령을 비판하고 다녔다.

본과였던 유전공학과는 거리가 멀어졌다. 어느 날 생명과학대학 복도를 걷는데, 창문 너머로 보이는 뒤뜰이 소란스러웠다. 학과 동기들이 정장을 입고 모여 있었다. 교수님들, 그리고 후배들도 곁에 함께 자리하고 있었다. 건물 벽 쪽에 걸린 작은 현수막에는 유명 제약 회사와 바이오 회사 최종 면접 합격 축하 문구가 인쇄돼 있었다.

복수전공과 대학언론사 활동으로 학점을 제대로 채우지 않은 나는 무려 '대학교 5학년생'이었다. 게다가 '언론고시생'이라는, 어원도 미래도 불분명한 낙인에 가까웠다. 상식 책을 들고 다니며 외우고 일주일에 서너 편씩 시사 논술을 쓰는 이상한 취업준비생이었다. 일반 기업 취업은 꿈도 꾸지 못할 정도로 성적이 처참했고, 언론 관련 활동 외에는 아무런 대외 활동 경력이 없었다. 복도 창문에 담긴 동기들을 보고 있으니 그제야 나는 신입생 때 MB OUT을 들고 정문에 섰던 그 선배처럼, 학교를 겉돌고 있다는 걸 깨달았다.

그땐 '내가 할 줄 아는 게 이것밖에 없어서'라는
말로 언론사 입사를 준비했지만, 오랜 시간이 지난
지금 생각해 보면 박근혜 시대에 대한 증오가
한몫했던 것 같다. 그 한 사람의 정치생명만 끊어낼
수 있다면(물론 합법적으로) 무엇이든 할 수 있다고
다짐하던 시절이었다. 그중 한 방법이 기자가 되어
기록하는 것이었다. 그런 내게 국정농단 사태는
일종의 전환점이었다. '마침내' 이 지옥 같은 정권을
끝낼 수 있겠구나 싶었다. 서울처럼 부산에도 촛불
집회가 열렸다. 서울만큼의 규모는 아니지만, 부산
역시 차도 몇 개를 사용해야 할 정도로 많은 인파가
몰렸다. 엉덩이 밑에 깔고 앉을 방석 겸 깔판을 들고
거리로 나섰다. 앉아서 자리를 지키고 행진도 했다.
태어나서 처음 해보는 정치 참여였다.

1990년 비수도권에서 태어난 내게는 박근혜
탄핵 촛불 집회 참여가 꽤 강렬한 기억으로
남아있다. 하나의 목적을 가지고 대규모 군중이 외친
자리라는 이유도 있지만, 내가 '정치적 효능감'을
느낀 유일한 순간이기 때문이다. 청소년 시절부터
정당 정치에 참여했거나 그 밖의 시민운동 경험이

없었기에 정치가 내 삶과 가깝다는 생각은 해본 적 없었다. 자연스럽게 정치와 내 삶은 괴리돼 있다고 느꼈고, 나의 정치적 행동으로 인해 실제로 세상이 바뀔 거라는 믿음은 크게 없었다. 언론사 입사를 준비하면서 정치권이나 사회의 여러 면을 조금 더 유심히 지켜보고 분석하는 연습을 거쳤음에도 불구하고, 정치는 멀어 보였다.

이에 반해 촛불 집회는 직접 참여하고 같이 목소리를 높임으로써 '정말로 세상이 바뀔 수도 있겠다'라는 희망을 줬다. 솔직하게 말하면 나는 대통령 하야나 탄핵 가능성에 처음엔 의심을 표했다. 하지만 집회에 나가면 나갈수록 믿음이 굳건해졌고, 탄핵 소추안 발의와 여러 정황이 겹치면서 효능감을 느꼈다. 이런 정치적 효능감이 빨리 느껴진 이유는 아마도 공동의 적이 단순했기 때문일 것이다. 국정농단에 연루된 수많은 범죄자가 있지만, 공동체의 최우선 목표는 박근혜를 끌어내리는 것이었다. 국회도 시민의 목소리에 맞춰서 움직였고 언론 역시 거대한 흐름을 거스르려 하지 않았다. 박근혜라는 단일한 적이 있었기에 가능한 일이었다.

안타깝게도 이 타이밍은 다시는 찾아오지 않을

것이다. 그래서 나는 '이재명이 더불어민주당 대선
후보가 된 것을 거부한다'라는 이유로 윤석열을
제20대 대통령으로 선출하면서 '나중에 못 하면
또 탄핵하면 되지'라고 말하던 사람들의 무책임에
분노한다. 당신들이 세상을 망쳤다.

어쨌든 촛불 집회의 지속과 함께 박근혜는
탄핵됐고, 새 대통령을 뽑기 위해 나라 전체가
시끄러웠다. 이쯤 나는 정의당에 입당했다. 생애 첫
정당 가입이었다. 입당 계기는 거창하지 않다. 여러
차례 열린 제19대 대통령 후보 TV 토론회 중 한 회를
유심히 보던 중 심상정 당시 후보의 마지막 발언이
인상 깊었다.

그날 홍준표 후보는 문재인 후보에게 군대
내 동성애를 반대하느냐고 물었고, 문 후보는
"반대한다"라고 답했다. 추후 문 후보와 민주당 측의
설명을 덧붙여보자면, 동성애 자체를 반대한다는
말은 아니었다고 한다. 군대라는 조직 안에서의
동성애는 상급자에 의한 성폭력으로 이어지거나,
성폭력이 동성애로 둔갑하는 경우가 있으니 그에
대해 '반대'한다는 것이다. 하지만 이러한 해명은
동성애를 '성폭력의 전조 단계' 혹은 '성폭력이

반드시 수반되는 행위'로 보는 차별주의적 시선이다. 자유한국당이 노골적인 차별주의자였다면 민주당은 은근한 차별주의자였다. 동성애를 지지하진 않지만 차별하지 말아야 한다는, 앞뒤 안 맞는 논리로 온건한 이미지를 만들어왔던 게 민주당이다.

이렇게 말하든 저렇게 말하든 결국엔 문 후보를 비롯한 민주당 측은 동성애를 탐탁지 않게 본다는 것이 분명했다. 문 후보는 당시 한국기독교총연합회 소속 목사들과 만난 자리에서 차별금지법 추가 입법으로 인한 불필요한 논란을 막아야 한다며 사실상 차별금지법에 반대 입장을 밝힌 바 있었다. 또한, 같은 자리에서 동성애나 동성혼을 위해 추가 입법이 필요하다는 생각을 해 본 적 없다며 민주당 입장이 확실하니까 염려하지 말라고 '당부'했다.•

이런 상황에서 심 후보는 토론회 마지막 발언 기회를 통해 말했다.

"동성애는 찬성이나 반대를 할 수 있는 이야기가 아니다, 나는 이성애자지만 성소수자들의 인권과 자유가 존중되어야 한다고 생각한다, 그것이 민주주의 국가다."

•
이정애, 2017년 2월 13일, 「문재인, 성소수자 차별금지법 반대 뜻 밝혀」, 한겨레, https://www.hani.co.kr/arti/poli-tics/politics_general/782494.html

명확했다. 이 마지막 발언은 내가 바라는
세상을 잘 표현해주고 있었다. 다음날 정의당에 입당
신청서를 제출했다.

지금의 문재인 전 대통령과 그때 후보 시절의
그는 다를지도 모른다(부디 그러길 바란다). 대선 후보
토론이라는 중압감, 동성애를 혐오하는 개신교의
'표', 보수적인 한국 여론, 민주당의 '분위기' 등을
고려해 본인의 진의와 다른 말이 나왔을 수도 있다.
그러나 대한민국에서 가장 큰 규모의 정당 중 한
곳을 대표하는, 그것도 '진보를 지향'한다는 정당의
대선 후보로서는 매우 유감스럽고 실망스러운
자세였다. 그 아쉬움을 심 후보가 채워줬기에 나는
망설임 없이 정의당에 입당했다. 물론, 정의당 역시
지금이나 그때나 비판받아야 할 지점이 굉장히 많다.
이에 대해선 이 책에 별도의 꼭지로 길게 다뤘으니
'정의당은 뭐가 잘났느냐'라고 화내려는 분이
계신다면 잠시만 참아달라는 부탁을 드린다.

동성애를 적극 차별하는 사람과 미온적으로
차별하는 사람이 대한민국 대통령 유력
후보들이었다는 점은, 한국 사회가 앞으로도
소수자나 사회적 약자를 어떻게 대할지 보여주는

지표였다. 이에 나는 제19대 대통령 선거 결과에 따라 문재인 정부가 열렸을 때, 한국 남자들의 볼멘소리가 이해되지 않았다. 한국 남자들은 문재인 대통령이 여성 인권을 더 챙겨서 자기들이 '역차별' 받는다고 우겼다. 실제 여성 당사자들이 들으면 이만한 코미디가 없을 것이다. 문재인 정부가 시작되면서 여성의 삶이 도대체 뭐가 어떻게 개선됐다는 것인지 누구도 이해하지 못할 것이다. 오히려 '페미니스트 대통령'을 선언한 것치고는 전혀 페미니즘적이지 않았다는 평가를 받고 있는데, 한국 남자들만 문재인 정부를 '과도하게' 여성친화적인 정부라 생각하고 있으니 아이러니하다. 한국 남자 집단의 인권 감수성이 어떤 수준인지 알 수 있는 대목이다.

문재인 정부 2년 차부터는 정의당 이정미 당시 대표의 말과 글을 쓰는 비서로 일했다. 비정규직 기자로 일하던 중에 정의당 공채가 있어 지원했고, 테스트와 면접을 거쳐 본격적으로 여의도에서 일했다. 자리가 자리인 만큼, 나는 정부를 더 비판적으로 바라봤고 아쉬운 점을 많이 느꼈다. 문재인 정부는 사실상 대한민국 기조를 바꿀 수 있는 골든타임을 놓쳤다. 아마 다들 기억할 것이다. 탄핵으로 종결된 정부 이후였기에 '적폐 청산'이라는 키워드가 집권 초기에 주요하게 작용했다. 오랫동안 쌓인 해로운 것들을 깨끗하게 치워버린다는 그 메시지에 대부분 환호했다. 국정농단이라는 충격의 사건을 밀어내고, 우리 손으로 다시 뽑은 대통령을 보던 순간은 마치 긴 겨울 끝의 봄처럼 시민들 마음에 희망을 피웠다.

　그러나 돌이켜보면 적폐 청산의 '적폐'는 과연 무엇이었나 싶다. 전 정부 색깔 지우기는 역대 어느 정부가 들어서든 진행되던 것들이었다. 그렇다면 문재인 정부, 촛불로 탄생한 정부라면 우리 사회의 진짜 적폐를 청산해야 했다. 최악의 노동 환경, 사회적 약자에 대한 혐오 문화, 기이한 수준으로 부를 축적하는 재벌 카르텔, 그나마 덜 나쁜 정치인에 만족해야 하는 선거 제도 등이 대표적이다. 박근혜 일당의 흔적만 지우는 게 아니라, 박근혜 일당이 조직될 수 있었던 뿌리 깊은 적폐들을 청산했어야 한다는 뜻이다. 촛불로 탄생한 정부만이 할 수 있는 유일한 것들을 해결하지 않은 채 역사는 마무리됐다.

　당연히 윤석열 정부가 비교할 수 없을 정도로 더

처참한 것은 맞다. 개인적으로 윤석열을 대통령이라 부르는 현실이 시민으로서 모욕적일 정도지만, 그렇다고 문재인 정부가 '최고의 정부'였는가는 냉정하게 돌아봐야 한다.

집권 여당이 제 역할을 하지 않고 되레 후퇴적인 정책을 내놓기도 했던 시절이었다. '문재인 정부'는 보이는데 집권 여당은 안 보인다는 지적이 이어져도 이렇다 할 움직임이 없었다. '문재인'이라는 스타 정치인 단 한 명 뒤에 거대 여당이 비겁하게 숨어서 '문재인 이후' 본인들의 정치생명을 어떻게 연장할 것인가만 고민하지 않았는지 반성해야 한다. 특히, 기득권 재벌과의 야합은 기가 막힐 정도로 잘 해냈다. 수많은 예시 중 대표적으로 '최저임금 개악'이 있다.

집권 여당, 그러니까 민주당은 2018년에 문재인 정부의 최저임금 1만 원 공약을 맞추려고 최저임금 범위에 노동자의 퇴직금, 식대 등을 모두 포함해 버리는 법을 일방적으로 통과시켰다. 쉽게 말해, 실질적 임금을 올리지 않고 복리후생비와 상여금을 '기본급'에 모조리 넣어버리는 것이다. 이렇게 하면 한 달 158만 원**에 점심 식대 10만 원을 받던 노동자는 다음 해에 임금이 인상되지 않는다. 이미 식대를

**
2018년 최저임금은 월 1,573,770원이었다.

포함하면 법적으로 168만 원을 받는 상황이 되기에 고용주는 새롭게 책정되는 최저임금에 굳이 맞추지 않아도 되는 것이다. 이런 개혁 아닌 개악을 민주당은 날치기로 처리했다. 노사 간 협의가 이뤄지지 않는다는 이유로 더 이상 지체할 수 없다며 단독으로 통과시켰다. 헌법에 보장된 노사 협의를 무시하고 강행 처리한, 위헌 행위에 해당했다.

민주당의 변명은 위선이었다. "2,500만 원 전후의 중하위 임금노동자들에게는 아무런 영향이 없다"라고 주장했지만, 최저임금으로 연봉을 받고 있는 노동자의 경우 사실상 12%가 넘는 임금 손실을 겪게 된다는 자료가 버젓이 존재했다. 또한 "자영업자들이 힘들기에 최저임금 1만 원은 무리라서 이런 산입범위 조정을 거쳤다"라고 했으나 실제로 자영업자들이 힘든 건 최저임금뿐만 아니라 대기업의 납품 단가 후려치기, 건물주의 일방적인 임대료 책정, 프렌차이즈의 골목상권 침해 등이었다. 결국 이것은 기득권 재벌들의 자본 구조를 개혁하지 않고 중소상공인과 노동자를 조져서 완성한 '어거지 최저임금 개혁안'인 셈이다. 민주당은 항상 말한다. 어쩔 수 없었고, 이것이 최선이라고.

국회 과반을 민주당이 차지할 수 있도록
시민들이 투표해 준 이유는 "어쩔 수 없었다"라는
변명을 듣기 위해서가 아니었다. 박근혜를 탄핵하고
새 대통령으로 민주당 대통령을 뽑아준 이유는
"이것이 최선"이라는 변명을 듣기 위해서가 아니었다.

민주당에게 항상 묻고 싶다. 도대체 몇 석을
만들어줘야 어쩔 수 없고 최선이었다는 변명을
그만둘 것인지 말이다. 국회를 민주당 1당 체제로
만들어주면 만족하겠는가. 기득권과 싸워달라고
뽑아놨더니 왜 국민의힘처럼 자꾸만 기득권과
야합하는가.

이런 모습들이 촛불 집회와 대통령 탄핵이라는
역사적 사건의 결말이라면, 우리는 언제쯤 '진짜로
바뀐 세상'을 만날 수 있을까. 한국 헌정사 유례없는
역사를 시민이 만들어줘도, 그다음의 역사는
이어지지 않았다. "이게 나라냐"라는 외침으로 세상을
뒤집어놨더니 그걸 또 한 번 뒤집어 원상 복구시킨
정치 때문에 우리는 윤석열 대통령 시대를 겪게 됐다.

촛불 집회는 다 꿈이었을까. 촛불 전과 후의
대한민국은 무엇이 바뀌었나 생각할 때마다 마음이
갑갑하다.

한국 남자의 밑바닥

나에게 2018년은 어떤 분기점이었다. 한국 남자 중심 문화가 얼마나 추악한지 '겨우' 한 꺼풀 벗겨져 공론장에서 다뤄지던 시기였다. 그렇다고 그전까지 한국 남자가 훌륭한 존재로 추앙을 받던 건 아니다. 사석과 공석에서 한국 남자의 기행이 잇따라도, 이에 대한 이야기는 다소 조용한 곳에서, 혹은 온라인에서 다뤄지는 편이었다. 혼자 고민하거나, 소규모로 모여서 공유하는 데 그쳤던 말들은 2018년에 이르러 폭발적으로 드러나고 있었다. 이를 촉발했던 계기에는 여러 가지가 있겠지만, 대표적으로 '미투' 운동이 있을 것이다.

미투 운동은 일상에 꾸준히 존재했다. 성폭력을 고발하는 목소리는 언제나 있었으나, 그것은 대체로 묵살당했다. 여자가 예민해서, 오해해서, 이기적이어서, 먼저 유혹해서, 옷을 그렇게 입어서, 말을 그렇게 해서, 웃어줘서 등의 각종 이유로 지워지기 바빴다. 지운 흔적들이 오래 쌓여 산이 됐고, 그 산은 화산이 되어 폭발했던 것이 우리가 '알게 된' 미투 운동의 시작일 것이다. 최영미 시인의 미투, 그리고 서지현 검사의 미투, 김지은 씨의 미투 등이 이어지면서 2018년 초 한국 사회는 한국 남자가

시민 동료로서 적합하지 않다는 것을 보여주고
있었다.

그중에서도 특히 김지은 씨의 미투가
개인적으로는 가장 큰 역할을 맡아줬다고 생각한다.
최영미 시인과 서지현 검사의 미투는 내 주변
남자들도 '거짓'이라고 치부하는 경우는 드물었다(물론
내 주변에만 드물었지 아직도 두 사람의 미투를 거짓이라 비난하는
한국 남자들은 지천으로 널렸다). 이례적 반응이긴 하지만,
대체로 그들 역시 가해자를 비난했고 가끔 함께
분노하기도 했다. 그러나 김지은 씨의 미투에는
그 누구도 분노하지 않았다. 의심이 먼저였고
거짓을 확신했으며, 소위 '중립'을 지킨다는 핑계로
'지켜보겠다'라고만 했다. 이 상황이 만들어진 이유는
명백하다. 가해자의 지지자들이 적극적으로 생산한
2차 가해들, 그리고 그 2차 가해를 유희거리로 즐겼던
한국 남자들의 추악함 때문이다. 김지은 씨의 미투는
한국 정치의 추태에 더해 일상의 한국 남자들이
얼마나 밑바닥인지 증명한 사례다.

김지은 씨의 미투가 최초로 JTBC에서 보도되던
2018년 3월, 밀린 업무가 있어 정의당 당사에
남아있었다. 보안이 중요한 탓에 업무 논의는

텔레그램을 통해서만 이뤄졌는데, 그날은 텔레그램이 아닌 카카오톡 창이 더 활발했다. 학교 선후배, 친구, 지인 등이 모인 각종 단체 채팅방 숫자가 빠르게 상승하고 있었다. 안타깝게도 대부분, 아니 거의 모든 메시지가 2차 가해에 속하는 내용이었다. 얼마나 더럽고 최악이었는지는 굳이 이곳에 적나라하게 옮겨놓지 않아도 짐작할 수 있을 것이다. 의심을 가장한 조롱, 사건과 관계없는 이야기, 수많은 'ㅋㅋㅋ'와 'ㅎㅎㅎ'들을 보며 나는 아무 말도 없지 않았다. 맞다. 적극적으로 막아서지 않고 방임한 나 또한 그들과 다를 바 없는 사람이었다. 그래서 그날도 역시나 내 자신이 싫고 주변 모두가 싫었다. 대꾸도 동조도 응답도 하지 않은 채 숫자만 계속 오르도록 내버려두고 느지막이 퇴근했다.

문제는 며칠 후부터였다. 공적 공간인 언론에 가해자 안희정의 실체가 드러날 동안, 사적 공간인 카카오톡 단체 채팅방에는 피해자의 과거 행적이나 2차 가해 자료들이 열심히 돌아다녔다. 가장 기억에 남는 채팅방은 학교 선후배 중 친했던 몇 명이 모인 방이었다. 가장 나이가 많은 남자 선배는 피해자의 과거 사진을 어디선가 '받아왔다'며 업로드했다.

인스타그램에 흔할 법한, 청년 여성 중 꾸밈에 관심
있는 사람이라면 누구나 한 번쯤은 찍었을 법한 전신
셀프 카메라 사진이었다. 선배는 사진을 올린 후
말했다.

　'판단은 알아서.'

　이 한 줄의 문장에 한국 남자들의 비겁함이 다
담겼있다. 아주 평범한 일상 사진을 통해 '피해자답지
않음'을 강조하되, 자기는 아무 말도 하지 않았다며
뒤로 한 발짝 물러나는 그 비겁함 말이다. 한국
남자들이 망상하는 '성폭력 피해자다운 모습'이
피해자의 과거 사진에서 보이지 않는다는 이유로
조롱을 바라는 의도가 뻔히 보였다. 그 채팅방엔 여자
후배들도 있었다. 여자 후배들이 있어서 그 정도에서
멈췄을 것이다. 만약 남자들만 있었다면 상상력을
더하지 않아도 어떤 말들이 오갔을지 절망적이다.
이런 식의 2차 가해들은 과거형이 아니다. 지금도
세상 곳곳에서 이뤄지고 있다. 최영미 시인과 서지현
검사의 미투가 권력형 성폭력의 실체를 고발하는 데
중요한 역할을 했다면, 김지은 씨의 미투는 권력형

성폭력과 더불어 한국 남자들이 휘두르는 일상의
성권력까지 증명해 낸 투쟁이었다고 조심스럽게
생각한다.

얼마 지나지 않아 나는 문제의 채팅방에서
나왔다. 사진을 올렸던 선배와 친했던 또 다른 남자
선배가 미투 관련 조롱을 반복했기 때문이다. 그는
내게 말했다.

"야 희석아 너도 조심해라. 정의당도 성 관련
사건 처리하는 거 보면 영 메갈스러워서말이야
ㅋㅋㅋ"

이제 와 솔직하게 말하자면, 처음엔 '무슨 말을
하는 거지?' 싶어서 멍했다. 몇 분 지나고 나서야 '아
미친놈이구나 얘'라는 생각에 차근차근 답장으로
보낼 내용을 메모장에 썼다. 나를 잠재적 가해자로
취급하는 건 상관없었다. 남성이 가지고 있는
성권력은 언제든 성폭력의 형태로 나올 수 있다는
걸 배웠기에 충분히 이해하고 있었다. 문제는
'메갈스럽다'라는 표현이었다. 어디서부터 어떻게
설명을 해줘야 알아먹을지, 설명을 듣기나 할지

싫어서 머리가 아팠다. 꽤 오래 고민하다가 간단히
핵심만 보냈다. 몇 년이 지난 일이라 캡처 같은
게 남아있진 않지만, 말조심하고 살라는 내용이
중심이었다. 그리고 메갈스럽다는 말도 참 구리다고
전했다. 그 정도 감수성으로 살고 있으니 후배들이
너를 싫어한다고, 정신 좀 차리라 말하며 다시는
연락하지 말라고 했다. 채팅방을 나온 후 몇 명을
차단했다. 후폭풍 같은 건 없었다. 이상하리만치
조용히 흘러갔다. 훗날 같은 방에 있던 후배들에게
물어보니 그 뒤부터 말을 좀 조심하기는 했다고 한다.
그러나 기대하지 않는다. 지금도 그 정도 수준으로
살고 있을 사람이다.

　한 번 경험했더니 그다음은 쉬웠다. 성폭력,
미투, 그 밖의 여러 여성 운동들 관련해서 조롱하거나
여성 혐오적인 발언을 일삼는 사람들에게 그만하라고
답했다. 내가 정의롭거나 바른 사람이라는 생각으로,
어떤 도덕적 우월감에 취해서 하는 일이 아니었다.
나 역시 과거에 함께 가담하거나 방관하거나
동조한 가해자이며, 성권력의 혜택을 실시간으로
받는 사람이다. 이에 '우리 너무 구리고 부끄럽지
않느냐'라는 마음이 컸다. 매번 타이르는 수준에

가까웠다. 그럴 때마다 돌아오는 대답은 예상하듯이 침묵, 혹은 "왜 이렇게 오바해?" 같은 질문이었다. 가장 친했던 동성 친구들마저 이렇게 반응해서 한동안 혼란스러웠다. 10년을 넘는 세월 동안 우정이라는 감정을 나눴던(혹은 나눴다고 생각했던) 사이에서 이 정도의 기본적인 것들이 지켜지지 않는다면, 우리가 함께한 시간에는 과연 어떤 의미가 있었나 싶었다. 만남을 줄였고, 이야기도 줄였다. 그렇게 2018년이 저물었다.

이후 정치 현장에서의 글쓰기는 내 능력 밖의 일이라 판단해 정의당을 퇴사하고 지금 이 책을 펴낸 독립출판사 발코니를 열었다. 내 작은 출판사의 첫 책은 『부전승 인생(2019)』이었다. 한국 남자들의 여성 혐오 발언을 목차에 담고, 각 발언들이 왜 잘못되었는지 설명하는 책이다. 지금 읽어보면 정말 부족한 점도 많고 좀 더 깊이 논의해야 할 지점들이 있다. 정교한 언어로 다듬어 남자들을 설득하는 책이라기보다는 '우리가 얼마나 밑바닥인지 한 번 봅시다' 식으로 쓴 책이다. 예를 들어, 하는 말마다 "오빠가"라며 자신의 성적 지위를 강조하는 말이

얼마나 구시대적인지, 엄마의 몸에서 태어났으니
당연히 페미니스트일 수밖에 없다는 헛소리가 왜
헛소리인지 등을 설명하는 식이다. 이 책이 나오고
나서, 나는 모든 동성 인연들과 관계가 끊어졌다.
앞서 말했던 십수 년 함께해 온 친구를 포함해
드문드문 연락하던 남성 지인 등과 완벽하게
멀어졌다. 처음엔 두려웠던 것도 사실이다. 나와
같은 성별이 경험하는 공통의 고민들도 있기에, 이걸
논의할 대상이 없어진 세상을 상상해 본 적 없었다.
하지만 걱정과 달리 시간이 흐를수록 마음이 편했다.
그때 이후 지금까지도 나는 동성 친구를 구태여
만들지 않았다. 남자들의 의리? 우정으로 기울이는
술 한 잔? 끈끈한 연대? 애인이나 가족에게는 말
못 할 고민 상담? 다 허상이다. 남성 사회와 완벽히
분리되었을 때부터 비로소 내가 누군지 알 수 있었다.

그땐 나처럼 남성 사회에서 박탈된, 혹은
자발적으로 탈출한 사람을 거의 찾지 못했는데
요즘은 간혹 보인다. 반가운 마음이 들지만, 마냥
반기긴 어렵다. 이상한 남자들도 분명 있기 때문이다.
자신이 남성 사회에서 분리되어 나왔다는 이유만으로
여성들의 연대를 기대하는 '자칭 페미니스트

남성'들이 꽤 있다. 왜 여성들에게 연대를 구걸하는지
의문이지만, 이 역시 넓은 맥락에서 살펴보면
가부장의 보상 심리 아닐까. 남자인 내가 '이토록
노력'했으니 여자인 네가 나에게 '합당한 보상'을 줘야
한다는 주장에 지나지 않는다. 추하다는 걸 알아야 할
텐데 아마 영원히 모를 것이다.

　　이처럼 2018년 세상에 드러난 미투 운동, 그리고
피해자의 용기 있는 고발과 연대자들의 투쟁이
없었다면 지금의 나도 존재하지 않았을 것이다.
나를 비롯한 한국 남자들의 밑바닥이 어디까지인지
노골적으로 확인할 수 있게 해줬고, 이로 인해 주변
관계를 정돈할 수 있게도 해줬다. '어떻게 감히 미투로
혜택을 받았다고 남자가 말할 수 있느냐'라고 할
사람이 있을지 모르지만, 미투는 여성만을 '위한'
운동은 아니다. 미투는 위력에 의한, 혹은 성권력에
의한 폭력을 고발하는 것이므로 우리 사회의 구조적
문제를 개선해 나가는 운동이라 생각한다. 한때의
바람이나 잡음이 아니라 앞으로도 계속 주기적으로
미투는 돌아올 것이다. 그렇게 돌아오는 미투 앞에서
한국 남자들은 도태된 채로 계속 부정할지, 반성하고

바꾸려 노력할지 잘 선택해야 할 텐데 전망은
암울하다.

절연한 옛 친구들은 나와 같은 1990년생이다.
한국 나이로 치면 지금 이 책이 발행될 시기에 30대
중반이다. 가장 걱정되는 지점은 이 남자들, 그리고
그 남자들과 끈끈한 사이의 수많은 한국 남자들이
지금 회사나 어떤 조직 핵심에 존재한다는 것이다.
신입 티를 벗고 업무에 안착할 시기이며, 앞으로 본인
뒤에 자리할 차세대를 가장 가까이서 이끌며 영향을
줄 사람들이다. 한국은 특히나 한국 남자에게 과분한
급여와 직책을 모두 맡기기에 90년생 남자들이
앞으로 사회 각 조직의 색깔을 결정하게 될 것이다.
성인지 감수성은 물론 사회적 약자에 대한 감수성이
참담한 수준인 그들이 국내 조직 곳곳에서 떡잎을
키우는 중이라 생각하면 되겠다. 10년 뒤, 20년 뒤
한국이 나는 진심으로 걱정된다.

2019

2023

단순하고 당당한 여성 혐오자들

『우주 여행자를 위한 한국살이 가이드북(2023)』출간 후 한 언론사와 단독 인터뷰를 진행한 적 있다. 아무래도 한국의 모순적인 면들, 그리고 가부장 사회의 지저분한 문화 등을 비꼬는 책이다 보니 이와 관련한 질문도 많았다. 다행히 취재 기자님과 생각하는 결이 다르지 않아서 인터뷰는 즐겁게 이어졌다. 이것저것 질문하던 기자님은 조심스럽게 물었다.

"그럼 한국 남자, 특히 청년 한국 남자는 어떤 이유로 페미니즘을 거부하는 걸까요?"

잠시 고민했다. 왜 거부할까. 페미니즘이라고 제대로 부르지도 못해서 '페미 묻었다'는 식으로 조롱하는 한국 남자들은 그래서, 왜, 어떤 이유로 페미니즘이 싫은 걸까. 그동안 내가 직접 듣고 경험했던 기억들이 눈앞에 필름 펼쳐지듯 순식간에 지나갔다. 그러자 나는 어렵지 않게 답을 찾을 수 있었다.

"그냥 싫은 겁니다. 어렸을 때부터 남자가
최고라는 환경에서 자란 집단이에요. 그러니 여자가
주장하는 건 뭐든 싫고, 페미니즘을 수용하면
여자들한테 지는 거라고 생각하는 게 한국
남자입니다. 페미니즘 때문에 여성을 도구화하는
역사를 이어가지 못해서 싫다거나, 가부장 사회를
유지해야 하기 때문이라거나 그런 진지한 생각 같은
거 못하는 사람들이에요. 한국 남자는 왜 그럴까
진지하게 살피는 것 자체가 한국 남자를 너무
과대평가하는 거라고 봐요."

아쉽게도 지면 기사에 실리지 못했다. 책 내용과
출판사 이야기가 중심인 기사였기에, 녹여내기
어려웠을 것이다. 보도는 되지 않았지만, 당시의
생각은 지금도 크게 변하지 않았다. 그동안 한국
남자의 안티 페미니즘을 분석하고 연구한 성과들을
폄하하려는 건 전혀 아니다. 연구자의 통찰과 분석에
고개를 끄덕이고 내가 실제로 겪은 여러 경험과
엮어보면 일치하는 지점도 많았다. 연구뿐만 아니라
각종 칼럼이나 기사, 또는 단행본 등도 적지 않게
발표돼 공감하며 읽었다. 그러나 죄송한 말씀이지만,

한국 남자 당사자로서 우리를 너무 목적의식이
강한 고차원적 생물로 보는 게 아닌가 싶기도 했다.
사실 한국 남자의 안티 페미니즘 현상에는 다른
사회적 현상과 달리 교차되거나 복잡한 맥락이 없다.
중장년층보다 청년층 한국 남자의 여성 혐오가
심하다는 말도 있지만, 이 말 역시 맞는 말은 아니다.
지금 살아있는 한국 남자는 세대 불문하고 여성 혐오,
안티 페미니즘에 적극 가담하고 있(었)으며 연령대가
낮을수록 가시화가 더 잘되는 것뿐이다. 뭐랄까.
'일베남'이나 '디씨남' 때문에 '개저씨'는 한물간 것처럼
보이는 그런 착시 현상 같은 것 말이다.

일단 한국 남자들은 '주체적인 여성'을 혐오한다.
이렇게 말하면 꼭 아니라면서, 자기는 여자가
주체적이면 더 좋고, 자기를 좀 더 이끌어 줄 수 있는
여자에게 호감을 느낀다고 하는 한국 남자들이 있다.
정작 그런 그들이 말하는 '주체적인 여성' 앞에는 몇
가지 괄호가 존재한다.

(나를 받들어주면서)	주체적인 여성,
('예쁘고' 친절하면서)	주체적인 여성,
(늘 '내조'하면서)	주체적인 여성,
(내가 원할 때만)	주체적인 여성 등이다.

결국 한국 남자들이 좋아하는 '주체적인 여성'이란, 한국 남자 집단이 정한 스테레오 타입에 맞으면서 적당히 자기주장이 있으면서도 한국 남자가 큰소리 내면 고분고분해지는 여자다. 게다가 '더치페이'하거나 오히려 먼저 시원시원하게 돈을 써주면 더 '주체적인 여성'으로 본다. 모든 한국 남자가 그렇다고 하면 또 화낼 분들 많을 텐데, 우리 제발 솔직해졌으면 좋겠다는 말을 전한다.

본인들이 설정한 괄호 없이, 진짜로 주체적인 여성이 나타나면 득달같이 화를 내는 게 한국 남자다. 정말 하찮은 예로, 이성 파트너의 머리카락 길이 하나도 본인이 통제해야 직성이 풀린다. 아직도 여성 고객이 미용실에서 긴 머리카락을 매우 짧게 자르려 할 때 '남자 친구'나 '남편' 혹은 그 밖의 한국 남자의 '허락' 관련 질문을 받는다. 여성 고객이 괜찮다고 해도 나중에 미용실에 찾아와서 화내는 한국 남자들이 한두 명에 그치지 않기에 이것은 어떤 '현상'이 됐다. 그 정도로 한국 남자들은 여자가 혼자 결정하고 주장하고 말하는 것을 싫어한다. 싫어한다는 표현도 순화된 축에 속할 것이다. 증오하고 분노한다. 태어날 때부터 '귀한 존재'로

대접받은 이들이 대를 이어가며 이 안티 페미니즘
정신을 공유한다. 따라서 이들이 페미니즘에
저항하는 데는 어떤 사회적 목적이나 달성하고자
하는 거시적 목표 같은 게 없다. 그냥. 정말로 그냥
여자들이 무언갈 주장하는 모습이 싫은 것이다.
그러니 페미니즘을 지지하는, 같은 한국 남자를
발견하면 "왜 지지하느냐?"라며 이유를 묻는 게
아니라 "어떻게 여자 편을 들 수 있느냐?"부터 따진다.
순리를 거스르는 사람을 대하듯 말이다.

　　일차원적이고 단순한 한국 남자들이기에
분석이나 연구 따위 필요 없다는 말이 아니다.
이토록 도태를 거듭하는 집단을 개선하려면 얼마나
최악인가부터 제대로 가시화되는 게 먼저다. 가부장
문화 역사나 여러 가지 사회적 맥락, 박탈감(도대체
무엇을 박탈당했다는 것인지)의 원인 등도 중요하겠지만,
무조건반사에 가까울 정도로 체화된 한국 남자의
안티 페미니즘 정신과 여성 혐오 문화를 사회 구성원
모두가 공유할 수 있길 바란다. '이미 한국 남자가
최악이라는 것은 알고 있다'라고 할지도 모르지만,
당신이 알고 있는 그 최악의 면모를 동료 시민 전체가
공동 인식하는 것은 또 다른 과제라 생각한다.

'바퀴벌레는 익충이 아니다'에 반대하는 사람이 거의 없는 것과 비슷하게 말이다.

어쨌든 여성을 주체적 존재로 보는 것이 아닌, 자기 입맛에 맞도록 움직이길 희망하는 '도구'로 보는 한국 남자들은 페미니즘에 대한 이해를 시도하지 않는다. 도구를 '사용'하는 주체로서의 본인은 늘 여자보다 우월해야 하며 그런 본인이 페미니즘을 이해하는 것은 일종의 '배려'라고 생각하는 것이다. 이에 말도 안 되는 역차별까지 운운한다. 대부분의 한국 남자(모든 한국 남자라 말해도 과언이 아닌)는 이런 사고방식을 학습 받으며 자랐다. "나는 아니다. 나는 여성을 도구로 생각하지 않으며 그런 교육을 받은 적도 없다"라고 말하는 또래 한국 남자를 강연장이나 북토크 현장에서 만나봤지만, 결국 그들이 말하는 '도구'의 정의가 달랐던 것뿐이었다. 예컨대 그들은 공부를 열심히 하고 학벌 좋은 대학을 졸업해서 연봉 높은 직장에 취직한 후 '예쁜 여자'를 만났다는 사실을 자랑처럼 여기는 것 또한 여성을 도구화(여성을 보상 차원으로 환원)한다고 인식하지 못했다. 여자에게 '예의를 갖추면' 도구화가 아니라고 생각할 뿐이었다.

나 역시 여성은 남성의 도구(나 보조제)에 가깝다는

교육을 공교육에서 받았다. 초등학교 고학년 때 나는 반장이었고, 다른 여자 친구는 부반장이었다. 둘 다 똑같이 반장 선거에 나가서 당선한 사람이 반장, 낙선한 사람이 부반장이 되는 것이 아니라 '남자가 반장, 여자가 부반장'인 게 당연하다는 듯이 선생님이 지정해 줬다. 여기에 반대하는 사람은 아무도 없었다. 이후 수학 쪽지 시험이 있었는데, 나는 운 좋게도 반에서 2등을 했고 부반장은 1등을 했다. 원래 수학에 소질이 없던 터라 2등이라는 사실에 기뻐하던 그때 담임선생님은 성적 발표가 끝나자마자 공개적으로 타박했다.

"으이그 희석아. 남자가 여자한테 지면 되겠냐?"

교실에 있던 모두가 웃었다. 누구도 '왜 남자가 여자에게 지는 건 안 되느냐'라고 묻지 않았다. 나도 물론이었다. 얼굴이 새빨개져서 자존심만 상했다. 반장이 부반장한테 졌다는 사실 때문이 아니라, 남자인 내가 여자인 친구에게 졌다는 게 부끄러웠다. 이건 달리 말해, 나 역시 남자는 항상 여자보다 우월해야 하며, 이런 사실을 증명하지 못한 나는 부끄러워해야 한다는 걸 이미 체득하고 있었던 셈이다. 담임선생님이 여기에 쐐기를 박으며 교실 구성원에게 '여자는 남자를 이기면 안 되는 존재'라고 알렸다. 2000년대 초반이라는 이유, 담임선생님 나이가 많았다는 이유, 그가 살아온 시대상 어쩔 수 없는 부분이 있다는 이유 등은 변명이 될 수 없다. 명백한 차별이자 여성 혐오가 용인된 현장이었다. 이것 말고도 더 많은 사례가 있다. 학생 번호는 무조건 남자부터 1번으로 시작하는 것, 여자 친구들이 체육 시간에 팀을 만들어 축구를 하려고 하자 피구만 허용됐던 것, 여자보다 달리기가 느린 남자들은 달리기 기록을 1초씩 줄여준 것, 사물함 윗줄은 남자에게 우선 배정된 일 등. 공교육 현장이 이 정도였으니 학교 바깥은 어느 정도였을지 굳이 설명하지 않아도 짐작될 것이다.

그렇게 자란 한국 남자들은 자신이 받아온 혜택을 인정하지 않아서, 여성이 차별받는다는 사고 자체를 거부한다. 사고하기 시작하면 본인의 성권력을 반성해야 하고, 반성한다는 것은 자기 잘못을 인정하는 과정이기 때문이다.

문제는 대놓고 거부하고 부정하면 얼른

피하기라도 할 텐데, 꼭 에둘러 부정하는 한국 남자들도 있다. 그들은 대개 "여성 인권도 중요하긴 하지만"을 전제 조건으로 두고 말하기 시작한다.

몇 년 전, 지역의 비영리 예술 단체에 강연하러 간 적 있다. 당시 단체는 '여성 인권'을 주제로 전시와 퍼포먼스를 열었는데, 이곳에 남성 화자로서 말하는 여성 인권 강연을 요청받았다. 처음엔 정중히 거절했다. 지금도 마찬가지지만, 남성 화자가 여성 인권을 말하는 것보다는 여성 화자의 목소리가 훨씬 중요하고 더 조명받아야 한다고 생각했기 때문이다. 남성 스피커는 이미 충분한 주목을 받고 있으니 다른 여성 강연자를 찾아주시는 게 좋겠다고 말씀드렸다. 두어 차례 거절했지만, 해당 단체 담당자님께서 거듭 부탁하셨기에 강연료 전액을 한국여성의전화에 기부하는 것으로 하고 참여했다.

강연 전에 들었던 내부 사정이 있었다. 참여 작가진에 남성 작가님도 여럿 있었는데, 그중 한 작가님이 전시 주제에 이의를 제기했다. 왜 여성 인권을 다뤄야 하는지 물었다고 한다. 그의 말을 빌려보자면 인권에는 아동 인권, 노인 인권, 외국인 노동자 인권 등 다양한 인권이 있는데 왜 하필이면

'여성 인권'이어야 하냐는 것이었다. 전시 총괄
담당자님이 잘 설득한 덕분에 어느 정도 수용을
했다고 들었다. 이 이야기를 강연장에서 직접 말했다.

"여성 인권을 말할 때 항상 따라오는 이야기가
있지요. 왜 여성의 인권부터 챙겨야 하냐는
말들입니다. 사회적 약자에는 장애인도 있고
아동도 있고 노인도 있고 다양한 사람이 있는데 왜
'여성'이어야 하냐고요. 그런데 반대로, 노인 인권을
말할 때는 '왜 여성 인권은 안 챙기느냐'라는 반박이
안 나옵니다. 다른 요소들도 마찬가지고요. 왜
그럴까요? 왜 여성 인권을 주제로 삼으면 꼭 다른
인권 이야기가 나오는 걸까요?"

어떤 작가가 전시 주제에 반대했는지 나는 알지
못했다. 남성 작가라는 정보만 있을 뿐이었다. 그런데
놀랍게도, 그 발언의 당사자가 아주 당당한 표정으로
손을 들고 말했다.

"하하. 저를 두고 하시는 말씀 같은데, 저는
그런 뜻이 아닙니다. 여성 인권도 중요하긴 하지만,

더 많은 사회적 약자가 있는데도 그중에 왜 꼭
여성이어야 하냐는 거예요. 장애인이나 노인 인권이
더 중요하잖아요."

그런 분위기가 있다. 누가 이상한 말을 꽤
당당하게 할 때 다들 자기가 잘못 들은 건가 싶어서
고개를 살짝 갸웃하고 주변을 둘러보는 분위기.
당당한 남성 작가의 말에 모두 의아한 표정이었다.
나는 재차 물었다.

"그게 같은 말 아닌가요? 여성 인권 말고
다른 인권을 먼저 생각하자는 말씀이고, 그 말은
곧 작가님께서 여성 인권은 후순위에 두겠다는
거잖아요?"
"아니... 강사님이 잘 이해를 못하시네. 저는 여성
인권도 중요하긴 하지만, 우리가 주목해야 할 다른
시급한 인권들이 있다는 말이에요."

또 한 번 물었고, 또 한 번 같은 말이 도착했다.
더 이상 대화를 이어나가는 건 의미가 없을 것 같아서
마무리했다.

"네 잘 알겠습니다. 작가님은 여성 인권도 중요하다고 생각하지만, 다른 인권을 먼저 살펴봐야 하는 분인 것으로 알고 저희가 제한된 시간이 있으니 준비된 다른 이야기를 계속해 볼까요?"

당당한 남성 작가는 여성이 차별받는 현실을 부정했기에 여성 인권을 왜 예술로 말해야 하는지도 납득하지 못했다. 그래서인지 그의 작품을 보면서 나는 '여성 인권과 이 작품에 무슨 연결고리가 있다는 것일까' 하고 오래도록 이해하지 못했다.

차라리 혐오를 전방위적으로 발사하는 사람이면 무시하고 피해 가겠지만, 당당한 남성 작가는 지루하고 긴 말들로 자신의 차별적 사고를 부정했다. 더 재미있는 사실은, 당당한 남성 작가는 내가 경상도 남자의 여성 혐오 문화가 극심하다고 했던 말에 대해 명언을 남기기도 했다.

"근데요, 강사님. 저희 아버지는 엄청 자상하고 너그러운 분이고, 저도 여자한테 친절한 편인데 그 '쌍도남'이라는 경상도 남자 범위에 저랑 아버지 모두 포함되니까 불편한데요?"

내 다음 차례의 여성 강사님과 다른 여성 작가님들의 만류, 설득, 설명으로 겨우 조용히 시킬 수 있었다. 단 한 명 때문에 모두가 불필요한 시간을 낭비한 셈이다.

당당한 남성 작가 덕분에(?) 나는 한국 남자들이 '한남'이라는 대명사에 왜 그토록 분노하는지 어느 정도 이해했다. 지칭을 당하는 것 자체가 치욕스러운 것이다. 웃기기도 하지. 뿌리 깊은 여성 멸칭 생산의 역사를 가지고 있으면서 한남이나 '쌍도남'에는 분노한다. 오죽하면 강연 때 "작가님 근데 저도 쌍도남이에요"라고 타일러도 말이 통하지 않았다. 발언 당사자가 같은 한남이든 쌍도남이든 뭐든 간에 일단은 남성 집단을 지목한다는 사실 자체를 못 참는다. 이토록 옹졸한 마음을 가진 분이었으니 애초에 여성 인권을 논하기 어려운 것이었다.

당당한 남성 작가의 언행에 충격받은 분들은 없을 것이다. 그동안 마주했던 수많은 한국 남자의 '기출 변형' 정도일 뿐이다. 그만큼 한국 남자의 평균 모습은 꽤 절망적이다. 걱정되는 마음에 덧붙이자면 한국 남자 평균이 이렇다고 해서 나는 '이런 남자'들과 다르다고 말하는 게 아니다. 결국엔 나도 같은 집단을

구성한 주요 인물이다. 누누이 말하지만, 내부에
있는 사람으로서 우리의 당당한 한남 동지들이
얼마나 안타깝도록 일차원적인지 시민 동료 전체에
가시화되길 바란다. 분석과 연구와 여러 필연성
설명은 그 뒤에 동반되어도 충분할 것이다.

전염병은 계속 돌아올 텐데

코로나19 이야기를 하지 않을 수 없겠다. 코로나,
코로나바이러스, 코로나바이러스감염증-19,
코로나19 등 일상에서 부르는 명칭이 사람마다
다양하지만, 편의상 이 책에선 '코로나19'로 통일했다.
코로나19로 인한 팬데믹 상황이 펼쳐졌을 때,
우리는 '개인'이 삭제되는 환경을 경험해야 했다.
외출을 자제하고 모임을 금지하며, 설령 모임이
허락된다 하더라도 인원수에 제한을 둬야 했다. 이는
공중보건을 위해 어쩔 수 없는 조치였다. 철저하게
통제된 행동반경을 통해 전염병의 확산 속도를
최대한 늦추고자 하는 게 정부의 목표였다.

　　당시 정부의 조치가 최선이었는지 아니었는지
판단하기는 아직 이르다. 코로나19 감염은 끝난
게 아니라 현재 진행 중이며, 당장 몇 년 후에 어떤
결과로 나타날지 그 누구도 모르는 상황이다. 다른
몇몇 국가처럼 전면적인 집단 감염을 통해 리스크를
감당하는 게 나았다는 평가도 있고, 주민등록
시스템을 활용한 강제적 통제가 있어서 그나마 이
정도에 그치고 있다는 평가도 있다. 따라서 무엇이 더
나았을지 누군가 물었을 때 시민 당사자인 나도 쉽게
답하지 못한다.

주목하고 싶은 것은, 그러한 통제가 이뤄졌을 때마저 유흥(사실상 성매매)을 참지 않던 한국 남자들이다. 코로나19 확산이 심각해 사회적 거리두기가 시행되던 2021년 중후반까지 각종 유흥업소에 출입했다가 적발되는 한국 남자들 소식은 너무 많아서 여기에 다 쓰기 벅찰 정도라는 걸 모두가 알고 있다. 심지어 평소 자신이 건강하게 열심히 살고 있다는 이미지로 방송에 출연하던 남자 연예인 역시 불법 유흥업소에서 자정까지 놀다가 검거된 사례도 대대적으로 보도됐다. 해당 연예인과 소속사의 변명은 비연예인 한국 남자들과 다를 바 없었다. 불법 유흥업소인 줄 몰랐다, 친구가 불러서 그냥 갔다, 업소 종사자 여성은 그냥 계산만 하러 온 것이다, 같이 놀지 않았다 등. 자기 밥벌이하며 사는 성인 남성의 변명치고는 구차하고 빈약하다.

　　한국 남자들의 기행에 가까운 유흥 탐닉에 감탄한(부정적으로) 지점 중 하나는, 자신의 욕구를 위해서라면 공중 보건이든 시민 안전이든 그 무엇도 고려하지 않는다는 점이었다. 아마 대부분 알고 있을 것이다. 미디어를 통해 알려진 적발 소식보다 실제로 수백 배는 더 많은 한국 남자들이 코로나19 창궐 기간에 유흥업소를 들락거렸다. 무리 지어 들어갈 수 없으니 '1인샵' 같은 기이한 구조까지 '유행'시키는 한국 남자들이다. 그런 그들이 과연 시민사회를 안전하게 유지하는 데 적합한 존재인가 진지하게 생각할 때가 많았다.

시민 안전 관련해 잠깐 다른 이야기를 하자면, 기억할지 모르겠지만, 한때 북한군의 포격 도발로 소셜미디어에 자신의 예비군 군복을 인증하는 남자들이 많았다. 본인은 언제든 출동할 준비가 됐다며 시민들에게 안심하라고 말하는 게시물과 댓글이 넘쳐났다. 또한, 요즘도 온라인 남초 커뮤니티나 소셜미디어 곳곳에 '이 나라는 전쟁이 나 봐야 남자들이 얼마나 소중한지 깨닫는다'는 식으로 말하는 남자들이 많다. 실로 기만 아닌가. 전염병 확산을 막기 위해 각자의 생활을 통제하자는 시민 약속도 지키지 않는 한국 남자가 절대다수인데, 과연 실제 전쟁이 일어나면 그들이 전선으로 달려갈까? 절대 아니다.

자기 욕구에만 충실한 그들 외 시민들은 서로의 약속을 지키는 데 열심히 임했다. 벌써 오래전 이야기 같은 사회적 거리두기는 이제 우리 일상에서 사라졌다. 그러나 코로나19가 없어진 것도 아니고 유행이 멈춘 것도 아니다. 아직도 감염자는 몇만 단위로 나오고 있으며, 코로나19 감염 의심 증상이 있어도 검사가 필수는 아니라는 점을 고려하면 더 많을 것이다. 마냥 낙관할 상황은 아니더라도 분명히 우리는 좀 더 '자유로운' 일상을 살고 있다. 이렇게 될 수 있었던 건 누가 뭐래도 의료 노동자, 특히 간호사들의 헌신 덕분일 것이다. 늦었더라도 이제는 모두가 인정해야 한다. 우리는, 당시 우리의 정부는, 문재인 정부는 의료 노동자를 가성비('가격 대비 성능'의 줄임말) 있게 갈아 넣은 덕분에 'K방역'이라는 자화자찬을 할 수 있었다.

누군가는 어떻게 그 빛나는 성과를 가성비라는 말로 비하하냐고 화낼지도 모르겠다. 그런데 의료 노동자들의 실제 목소리를 듣고도 화를 낼 것인지 궁금하다. 대통령과 정부 부처 관계자, 그리고 굵직한 정치인들이 미디어에서 '존경합니다'를 수어로 표현하며 '덕분에 챌린지'를 시작할 때, 현장에서는 의료 노동자들의 비명이 이어졌다. 환자는 폭증하는데 인력은 부족하고, 병상마저 모자라 허덕이는데 정부는 엇박자의 정책을 내놓았다. 현장

인력난을 해소한다는 목적으로 간호사를 모집해 임시 파견 형식으로 병원에 배치한 것이다. '인원 부족해서 채워줬는데 뭐가 잘못된 것이냐?'라고 할 수 있겠다. 문제가 바로 거기에 있다. '채우는 것'에만 급급했다.

새롭게 파견된 간호사는 현장 트레이닝이 필요해 기존 의료진의 업무 강도가 폭증했고, 갑작스러운 파견 인원에게 필요 업무를 맡기기 어려운 상황이 벌어졌다. 거기다 더 심각했던 건, 정부가 파견 인원을 대우한다는 목적으로 파견 간호사에게 기존 간호사 대비 적게는 2배, 많게는 3배에 가까운 임금을 지급하기로 한 것이다. 이에 기존 병동에서 숙련된 인력이 다른 병동으로 파견 나가는 경우가 발생해 의료 공백을 피할 수 없었고, 파견 인력을 받은 병원의 기존 노동자들은 동일 노동 환경에서 적은 임금을 받으며 일하는 상황이 펼쳐졌다. 해결은 없고 현장 갈등만 빚어진 것이다. 이걸 두고 간혹 '파견에 자원한 간호사가 문제지 정부 잘못은 아니다'라는 의견이 있는데 틀렸다. 비판 대상은 파견 자원자가 아니라 애초에 이런 정책을 펼친 정부여야 한다.

한번 입장을 바꿔 생각해보면 되지 않을까. 내가 일하는 현장이 현시대에 너무나 중요한 업무를 책임지고 있으나, 절대적으로 손이 부족한 상황이다. 한 명, 한 명이 곧 국가의 운명을 좌우할 정도지만, 아무리 잠을 줄여 일해도 해결되지 않는다. 그런데 정부는 상황을 개선하는 게 아니라 오히려 갈등을 유발하는 정책을 발표하고, 다 같이 '덕분에 챌린지'를 시작하자고 한다. 대통령, 국회의원, 여당과 야당 대표들, 정치인, 유명 연예인, 인플루언서들이 수어로 존경한다는 표시를 내밀고 사진을 찍어 미디어를 도배한다. 여기에 대고 나는 과연 "우리에게 필요한 것은 그런 응원이 아니라 실제 노동 현장 개선이다"라고 외칠 수 있을까. 솔직히 세상 모든 사람이 미울 것 같다. 퇴근 후 신발도 못 벗고 현관에 드러누워 잠들 정도로 몸을 갈아 넣는데, 다들 '덕분에'라고만 하니 말이다.

결국 문재인 정부는 파견 노동자 중심으로 높은 임금을 지급해 재원을 절약하고, 노동자들이 이탈하지 않게 범국민적 챌린지로 묶어두는 데 성공했다. 이래도 K방역은 가성비의 산물이 아닐 수 있을까. 아, 혹시나 싶어 걱정되는 마음에 덧붙이자면, 문재인 정부의 가성비 K방역을 비판한다고 해서 자칭 '보수'들이 날뛰지 않길 바란다.

보수 정권이 코로나19 팬데믹 기간에 집권했다면
국가가 사라졌을 것이다. 공과를 따질 수 없이 온통
'과'만 있었을 테니 착각하지 말았으면 한다. 메르스
창궐 때 본인 맞은편에 '살려야 한다' 문구를 붙여놓고
사진 찍던 박근혜 씨를● 선명히 기억하고 있다.

코로나19로 기존의 질서가 재편되면서 아쉬웠던
점은 기본 소득을 정치권에서 진지하게 다루지
않았다는 사실이다. 재난지원금으로 미약하게나마
체감한 기회를 기본 소득이나 참여 소득까지 논의할
수 있는 기회가 없었다. 없었다기보다는 시도는
있었으나 거대 정당들의 깊은 논의가 부재했다고
봐야 할 것이다. 만약 이때 재난지원금 경험을
바탕으로 기본 소득이나 참여 소득 개념을 우리가
실질적으로 체감할 수 있었다면 지금 다른 세상이
펼쳐지고 있지 않을까? 시민의 공통된 경험만
있었다면 아무리 무법자 같은 놈이 대통령이
되더라도 그 정책은 사라지지 않았을 것이다.

●
현행법에 ▲재직 중 탄핵 ▲금고 이상의 형 확정
▲형사처분 회피 목적의 해외 도피 ▲국적 상실을
한 경우에는 대통령 예우를 박탈하도록 규정하고
있다. 따라서 이제는 '박근혜 씨'가 맞다. 이외에도
이명박 씨, 전두환 씨, 노태우 씨 등이 있다.

나는 팬데믹 시기 기본 소득보다는 참여 소득에 더 눈길이 갔다. 참여 소득을 처음 접했을 때 이걸 왜 정치가 주요 의제로 다루지 않는지 이해되지 않았다. 참여 소득은 영국의 경제학자 '앤서니 앳킨슨'이 제안한 개념이다. 이 책은 학술서가 아닌 일개 개인의 에세이이기 때문에 최대한 쉬운 방법으로 설명해 보고자 한다. 기본 소득이 조건 없이 지급하는 소득이라면, 참여 소득은 이름에 걸맞게 무언가에 '참여'하는 대가로 돈을 지급하는 개념이다. 여기서 말하는 참여는 단순히 노동 시장에서의 참여가 아니라 지역 내 돌봄이나 교육 등의 전방위적 활동에 참여하는 것을 말한다.

아주 쉽게 예를 들어보자면, 동네에서 폐지를 수거해 생활비로 사용하는 분들에게 참여 소득을 적용할 수 있다. 익히 알다시피 폐지 수거로 벌어들이는 수익은 최저 생계비에도 못 미친다. 그렇다면 이 활동에 참여하는 시민을 지방 정부가 직접 고용해 최저임금을 매달 지급하는 방식으로 전환하면 된다. 지방 정부 입장에선 길거리에 폐지가 나돌지 않는 미화 목적을 달성할 수 있고, 참여 시민은 폐지 단가보다 높은 임금을 보장받으며

생활할 수 있다. 폐지 수거 외에도 원예, 지역
아동 돌봄, 지역 교육 등 '지역 사회에 도움이 되는
활동'이라는 넓은 범위에 참여 소득을 적용한다면
노동 시장이 미처 채우지 못하는 시민 복지를 해결할
수 있다. 심지어 길거리 버스킹도 이 범위에 해당될
것이다. 버스킹에 왜 참여 소득을 적용해야 하는지
이해하기 어려울 수도 있겠다. 하지만 우리가
산책할 때, 어디론가 바삐 걸어갈 때 지정된 곳에서
안전하고 평화롭게 곡을 연주하거나 노래를 부르는
사람이 매일 존재한다면 우리의 삶은 한층 더 밝고
다채로워지지 않을까. '돈'이 안 된다는 이유로
자본가들이 외면하는 활동을 지방 정부가 참여 소득
지급으로 채운다면, 적어도 지금보다는 훨씬 나은
세상이 만들어질 것이다.

　　참여 소득을 처음 접했던 건 2021년 초였다.
당시 이정미 전 국회의원(그때는 국회의원 임기가 끝난
상태였다)의 자서전 기획을 돕고 있었는데, 자서전에
담길 내용을 정돈하고 선별하면서 알게 된 게 참여
소득이었다. 정의당이 싫어서 퇴사한 게 아니라 내가
맡은 일을 잘 해낼 능력이 부족하다고 판단해서
퇴사한 것이기에, 이렇게 서로 도움이 필요할 때는

같이 일하기도 했다.

2021년 초인 만큼 사회적 거리두기나 마스크 착용이 필수일 정도로 코로나19 확산이 한창이었다. 아마 다들 기억할 것이다. 코로나19 창궐 후 재난지원금 명목으로 기본 소득 논의가 2022년 대선을 앞두고 슬슬 화두에 오르고 있었다. 하지만 정치는 이 기본 소득을 논의하면서 '얼마를 줄 것이냐'에만 초점을 맞췄다. 20만 원을 줄 것인지 10만 원을 줄 것인지로 싸우기 바빴고, 나중에는 소득 수준에 따라서 차등 지급하자는 주장도 했다. 답답한 논쟁이었다. 기본 소득의 목표는 인간답게 살 권리를 제공하고 최소한의 삶을 보장하는 것이다.

만약 우리가 매달 10만 원을 꼬박꼬박 받으면 '내 삶이 바뀌었구나'라고 생각할까? 대선을 앞두고 10만 원 단위의 돈을 당근처럼 흔들 게 아니라, 기본 소득의 사각지대를 진지하게 논의하거나 비슷한 맥락의 참여 소득을 정치가 다뤄야 했다.

참여 소득에 대한 간단한 설명을 읽었을 때 아마도 '재원'을 걱정할 것이다. 나라에 돈이 넘쳐나는 것도 아닌데 그 수요를 지방 정부가 어떻게 감당할 것이냐는 비판이 분명 따른다. 그래서 정치가 여기에 필요한 것이다. 재원을 어떤 방식으로 마련할 것인지, 고용노동부의 평균 예산 30조 원을 활용해 볼 것인지, 대기업의 탄소세를 제대로 걷어서 충당할 것인지, 과감하게 실업급여를 개편하고 증세까지 고려해서 모두가 살기 좋은 세상으로 만들어 볼 것인지 등 활발한 논의가 필요하다.

누가 어디에서 바라보느냐에 따라 기본 소득이든 참여 소득이든 다양한 해석과 비판이 나올 수 있다. 이 논쟁들을 정치의 무대에 올려서 합의하고 설득하는 과정이 2021년에 필요했고, 지금도 필요하다. 문제는 거대 정당들이 여기에 관심을 두지 않는다. 몇 년 주기로 돌아오는 선거에서 '어떤 이벤트성 정책으로 이길지'에 몰두하는 탓에 시민 각자의 삶은 성실하게 무너지고 있다.

다시는 팬데믹 시절로 돌아가지 않는다는 보장이 없다. 새로운 전염병은 더 강력한 모습으로 나타날 것이다. 지금의 정치가 유지된다면 우리는 다음 전염병 앞에서도 10만 원을 받을지 20만 원을 받을지 기다리며 살아야 할지도 모른다. 장사를 강제로 접어야 해도 어쩔 수 없다는 말만 정부로부터 들어야 할 것이고, 의료 노동자들은 또 '덕분에' 칭찬 속에서

133

울며 일해야 할 것이고, 한국 남자들은 팬데믹이든 뭐든 일단 성욕이 우선이라며 돌아다닐 것이다.

똑같은 절망을 경험하게 만드는 지금의 정치가 과연 우리에게 필요할까. 오랫동안 여당 역할, 야당 역할 주고받았던 거대 정당이 아니라 새로운 정치가 이젠 간절하다.

정의당은 페미니즘 때문에 망했다?

그래서, 새로운 정치가 필요하다면 그 정치의 주체는 정의당이어야 할까? 당원으로서 미안한 말이지만, 아니다. 정의당은 수권 정당으로서의 면모를 시민들에게 증명하지 못했다. 개선, 개혁, 재건이 필요하다. 무엇이 문제인지 정확히 진단하기 어려울 정도로 정의당의 상태는 불안하다. 시민으로부터의 신뢰를 회복해야 한다.

정의당을 진단하는 여러 의견 중에 '정의당은 페미니즘 때문에 망했다'라는 말이 있다. 맞다. 다만, 좀 더 정확히 말하자면 페미니즘을 적극적으로 수용하지 않았기 때문에 지금처럼 쪼그라들었다.

정의당의 현재 위치는 굉장히 모순적이다. 남성 유권자는 정의당을 '페미니즘 정당'이라 부르는데, 여성 유권자는 정의당을 페미니즘 정당이라고까진 생각하지 않는다. 여성 유권자 입장에서 '페미니즘에 우호적인 정당'은 오히려 더불어민주당일 것이다. 민주당이 과거엔 강남역 여성 혐오 살인 사건을 묻지마 살인으로 규정하고, 동성애에 부정적인 입장을 취했으나 최근 몇 년 사이에 페미니즘을 민주당이 점유하는 이슈로 전환하는 데 성공했다. 그러는 동안 정의당은 진보 정당다운 과감한 메시지도, 행동도 하지 않았던 게 사실이다.

정의당 입장에선 '우리도 페미니즘을 외쳤다'라며 억울할지 모르겠지만, 진보 정당치고는 굉장히 미온적이었다. 노동이나 복지 분야에서 활약하던 모습에 비하면 페미니즘 앞에서의 정의당은 '조용'했다. 페미니즘과 반페미니즘 구도, '이대녀'와 '이대남'의 구도에서 정의당은 뭐 하나 뚜렷한 색깔로 맞선 흔적이 없다. 늘 후발주자처럼 뒤늦게 메시지를 발표했다. 뜨겁게 논쟁이 일어날 때 맨 앞에서 이슈를 선점한 후 지지와 비판을 동시에 받는 게 아니라, 판이 다 식은 후에 나타나서 적당한 소리만 했다. 정의당을 지지했던 페미니스트들은 그런 모습을 원한 게 아니다. 이미 다 끝난 마당에 등장해서 쌀로 밥 짓는 이야기만 할 거면 정의당을 지지할 이유가 없지 않은가.

정의당은 여성 유권자, 특히 2030 여성 유권자의 존재를 중요하게 생각하지 않고 있다. 2017년 대선으로 돌아가 보자. 심상정 당시 후보는 존재가 곧 페미니즘이었다. 동성애를 두고 찬반을 논할 때 명확한 메시지로 선을 그었으며, 페미니즘 정책을 누구보다 쉽고 선명하게 발언했다. 이에 실제로

심 후보는 20대부터 30대 여성 지지율이 전체 2등이었다. 2017년 대선 주요 후보가 문재인, 홍준표, 안철수, 유승민, 심상정 등 5파전이었다는 걸 생각해 보면 2030 여성 지지율 2위는 정의당으로서 엄청난 성적이다. 대선이 끝난 후에 이 2030 여성 지지자들은 심 후보에게 '지켜주지 못해 미안해'라는 의미의 후원금까지 보내기도 했다.

그러나 그 후 정의당 모습은 이 역사를 아주 우연히 잠깐 일어났다가 사라지는, 의미 없는 기록으로 여기는 듯했다. 그때를 기점으로 더 활발하고 강력한 페미니즘 정당의 모습을 보여줬다면, 적어도 정의당이 지금처럼 있으나 마나 한 존재로 각인되진 않았을 것이다. 2030 여성 유권자들은 지금 민주당이 마냥 좋아서 지지하는 게 아니다. 믿을만한 존재가 그나마 민주당이라서, 여성 혐오적인 정당만큼은 막기 위해 지지하는 것이다. 정의당은 이 선택지에서 꽤 오래전에 배제됐다.

결국, 정의당은 심상정 당시 후보를 지지했던 유권자를 모두 놓쳤고 민주노동당• 시절을 추억하다가 청년 세대를 끌어들이지 못했다. 정당의 사정이라는 게 단순하지 않다는 것을 알고 있다.

•
2000년에 창당한 진보 정당.
정의당의 전신이라 볼 수 있다.

실제로 현장에서 함께 일해 본 사람으로서 누구보다 어려움에 공감한다. 당에서 헌신하고 있는 모든 당직자와 활동가들을 비난하고자 하는 말이 아니다. 다만, 정의당의 최근 5년 모습이 진보 정당답지 않았다는 사실은 뼈아프게 반성해야 한다. 좀 더 솔직하게 말하자면 정의당은 '놓칠지도 모르는 표'에 너무 겁먹은 모습이었다. 개신교 표, 중도 표, 노동 표를 잃을까 봐 진보 정당이 페미니즘 이슈 한번 선점하지 못한 게 당원으로서도 많이 부끄럽다.

류호정 전 의원**과 장혜영 의원에게 페미니즘 의제를 모두 떠민 것 역시 정의당의 패착이다. 두 의원이 페미니즘에 대해 속 시원히 말할 때, 나머지 정의당 의원들은 아무 말도 하지 않거나 오히려 두 의원의 발언에 대해 사과하기까지 했다. 그런 모순적인 모습들이 정의당을 진보 정당으로 보기 어렵게 만드는 요소였다. 두 '젊은 여성 의원'에게만 페미니즘 메시지를 맡길 것이 아니라, 나머지 의원들이 더 적극적이고 뚜렷한 페미니즘 색깔을 보여줬어야 했다. 이러니 '정의당이 말하는

**
류호정 전 의원은 제21대 총선 당시 정의당 비례 대표 후보 1번으로 의원직에 당선됐으나 추후 신 당을 창당하며 정의당을 탈당했다. 류 의원에 대한 개인적 평가는 굳이 구구절절 나열하지 않는 다. 평할 가치도 없기 때문이다.

페미니즘'은 없고 두 의원이 말했던 페미니즘만 겨우 남았다.

모든 여성 유권자가 페미니즘에 우호적인 것은 아니지만, 적어도 과반은 페미니즘에 우호적이라는 사실이 수치로 증명되고 있다.●●● 또한 "나는 안티 페미니스트다"라고 주장하는 사람이 아닌 이상, 진보 정당이 제시하는 페미니즘 정책에 반대하는 여성 유권자는 드물다. 이처럼 2030, 즉 청년 여성 유권자를 핵심 지지층으로 만드는 것이 정의당이 생존할 길일 것이다. 정의당을 이미 싫어하고 앞으로도 싫어할 '청년 한국 남자'는 굳이 고려하지 않아도 된다. 그들은 이미 혐오의 정치, 가부장의 정치로 달려가고 있다. 그런 추악한 정치가 싫고, 정말로 기댈 수 있는 정치를 찾는 청년 유권자에게 손을 뻗고 믿음 주는 정의당이 필요하다.

진보 정당의 오랜 공식들이 있다. 노동조합과의 연대, 노동 계급을 기반으로 한 정치 등 결국 진보 정당과 노동은 떼려야 뗄 수 없다. 이 노동을 버리라는 것이 아니다. 노동은 노동대로, 페미니즘은 페미니즘대로 양쪽으로 강하게 밀어붙일 수 있다. 페미니즘에 반대하는 노동 정치가 있다면 뿌리치고

●●●
『20대 여자』, 국승민; 김다은; 김은지; 정한울, 시사IN북(2022)

141

갔으면 한다. 이미 알고 있다. 정의당 안에서도
페미니즘을 뒤로 미루자거나 여성은 더 이상 사회적
약자가 아니라고 주장하는 노동 정치 그룹이
존재한다는 사실 말이다. 그들이 지금까지 당을 위해
헌신한 역사에는 감사하지만, 시대에 도태된 자세는
진보 정당에 어울리지 않는다. 페미니즘이야말로
진보 정당이 외면해선 안 되는, 지금 시대에
가장 중요한 정치 의제다. 나는 정의당의 선택을
기다리고 있다. '페미니즘보다 노동에 집중해야
정의당답다'라는 목소리에 또 귀를 기울여서
성평등에 늘 멈칫거리는 정당으로 거듭날 것인지,
'정의당은 페미니즘 정당이다'라고 여성 유권자들이
인정하는 정당으로 거듭날 것인지 지켜보고 있다.
어떤 선택이냐에 따라서 오랜 당원으로 남을지
탈당할지 결정할 것이다. 왜 내가 '아직도' 정의당에
당원으로 남아있는지 의문인 주변 사람들에게 그만
부끄럽고 싶다.

정의당은 미래를 붙잡아야 한다. 떠날 당원은
이미 다 떠났고 이제 40대면 젊은 당원에 속한다.
30대나 20대는 극히 드물다. 지역으로 가면 더
심각하다. 청년층 당원이 있다고 해도 활동에 거의

참여하지 않는다. 나도 마찬가지다. 지역 당원 모임이
있어도 가지 않는다. 왜 청년 당원이 적극적으로
당 활동에 참여하지 않는지 정의당은 아직도
모른다. 그저 했던 방식을 반복하고 또 반복하고 또
반복하다가 선거철이 다가오면 출마 '가능한' 후보를
찾아 나선다. 정의당의 미래라 부를 수 있는 인물은
없고, 지방선거 출마 후보가 총선에 출마했다가 다시
다음 지방선거에 출마하고 또 다음 총선에 출마한다.

정의당은 이제 '청년 얼굴이 없는 정당'이다.
출마 후보, 정당 활동가, 혹은 소속 정당 국회의원
등은 정당의 얼굴이다. 민주당에는 청년의 얼굴이
드문드문 나타났다. 박지현 전 비상대책위원장의
존재가 민주당의 색깔을 확실하게 바꿨다. 박
전 위원장의 공과에 대해선 의견이 분분하지만,
민주당에게 청년의 얼굴이 있다는 사실만은 분명하게
인식시켰다. 청년층이 바라본 정의당의 얼굴은
과연 무엇이었을까. 단박에 떠오르지 않을 정도로
정의당은 청년의 얼굴이 없었다. 류 전 의원과 장
의원이 다행히도 존재했다. 단 두 사람에 그쳤다는
것이 문제다. 또래의 얼굴이 보이지 않는 진보 정당을
지지하기란 불가능에 가깝다.

정의당은 내부 문화가 진보 정당이라 부르기 어려울 정도로 멈춰있다. 아직도 지역 당원 모임은 친목 도모에 무게를 둔다. 청년 당원들은 그런 모임을 선호하지 않는다. 선호하지 않는다기보다는 '왜 모여야 하는지' 공감하지 못한다. 토론이나 강연처럼 어떤 목적성이 분명하고, 그 목적이 내 삶에 유용하게 활용될 것이라는 판단이 들어야 나선다. 이 지점을 이해하지 못하는 건지 안 하려는 건지 모르겠다. 더군다나 지역에는 토론이나 강연을 열어도 항상 카테고리가 비슷하다. 노동 아니면 복지, 간혹 경제. 이것들이 중요하지 않다는 말이 아니다. 청년 당원들이 피부로 느낄 사안들이 아니라는 뜻이다. 노동 정책을 논하기 전에 노동 자체를 못하고 있는 사람들, 복지를 논하기 전에 복지를 제대로 체감해 보지도 못한 사람들, 경제를 논하기 전에 먹고 살 방법부터 모호한 사람들이 청년 당원이다. 이런 당원들에게 '노동조합과의 연대를 통한 집권의 꿈'을 강연한다고 하면 과연 모일까. 청년 세대가 요즘 관심을 두고 있는 문제와 정치를 엮는 데 정의당은 항상 안타까울 정도로 부족하다.

실리적인 면 관련해서 좀 더 노골적으로

말하자면, 청년 당원들이 '당 활동'으로 인해 얻는 사회적 인센티브가 무엇인지 정의당 내부 고민이 부족하다. 청년 세대는 진로 결정의 기점에 서있다. 당 활동에 시간과 노력을 투자할 때, 또래 세대들은 먹고 살길을 찾아서 바쁘게 달려 나가는 걸 지켜봐야 한다. 이때의 무력감을 정당 차원에서 어떻게 보충해 줄 것인지 먼저 제시해 줘야 한다. 이 요구가 사적 이익 추구로 보인다면 정의당은 청년 세대가 살고 있는 세계를 이해 못 하고 있다는 걸 증명하는 셈이다.

노동의 꿈, 집권하는 미래, 진보 정당의 가치 등 거시적인 목표만을 생각하면서 헌신하길 바라는 것은 미안한 말이지만, 기성세대의 착각과 욕심이다. 다 부서지더라도 돌아갈 집 한 채, 돌봄 노동을 대신해 줄 배우자, 수차례의 실패도 경력으로 인정해 줄 조직 등 정의당의 오랜 활동가들이 당연하게 생각하는 것들이 청년 당원에게는 없다. "그럼에도 불구하고 당에 헌신하면 언젠가는 빛을 본다"라고 할지도 모르겠다. 냉정하게 답하자면 그 '빛'을 본 사람은 과연 누구인가. 오래 헌신한 사람들도 보지 못한 빛에 청년 세대도 자신의 인생을 담보로 걸라는 건 너무한 부탁 아닐까.

　아직도 선거 때마다 정의당은 청년 후보를
찾아 나서기 바쁘다. 정당 규모가 작고, 거대
양당이 꽉 잡고 있는 국회와 지방 정부의 상황을
차치하고서라도 '내가 출마해 보겠다'라고 나서는
청년이 없다. 무엇이 문제인지는 이미 정의당도 알고
있으리라 생각한다. 유럽의 청년 중심 정당, 각종
활동과 인센티브 등의 사례를 통해 무엇이 정답일지
충분히 분석했을 것이다. 몰라서 못 하는 것과 알아도
안 하는 것은 차이가 있다. 헌신, 노력, 의리, 정, 관계,
계파, 주변 시선 등을 지나치게 걱정하느라 진보를
멈췄던 것 아닌지 돌아보길 바란다.

　지금의 정의당이 있기까지 몸과 마음 모두
아낌없이 쏟아부어주신 여러 사람들에게 감사하고
존경하는 마음은 변함없다. 하지만 이제는 그 감사와
존경은 지나간 시즌으로 접어두고 미래를 향할
때다. 영원히 10석 미만의 정당, 청년 얼굴이 없는
정당, 페미니즘에 적당히 동의하는 정당, 있어도
그만 없어도 그만인 정당으로 남고 싶다면 지금까지
시도했던 방법들'만' 계속 반복하면 될 것이다.

나는 정의당의 선택을 기다리고 있다.

겁 많은 남자들이 망치는 사회

윤석열 대통령을 후보 시절부터 지지하지 않았다. 국정을 맡겨도 될지 의문일 정도로 부족한 정무 지식, 자기 가족과 관련된 의혹에 길길이 화내며 부정하는 뻔뻔함, 상대를 존중하지 않는 말투 등 대통령이 될 사람처럼 보이지 않았다. 짧은 대선 기간에만 살펴본 그의 단점을 나열하라고 하면 전 국민이 책 한 권씩은 거뜬히 쓸 수 있을 것이다. 실제로 그렇게 된다면 무시무시한 대통령 각하께서는 전 국민 압수수색도 서슴지 않으시겠지만.

제20대 대통령 선거 기간에 TV 토론회를 보면서 이상하게 기시감이 느껴졌다. 말, 행동, 태도, 거들먹거림, 목소리, 표정 등 윤석열 후보가 하는 모든 것들이 어디선가 경험했던 불쾌함이었다. 수준 미달의 대통령 후보가 그동안 단 한 명만 있었던 것은 아니지만, 그럼에도 어딘가 더 익숙한 무례함. 가만히 지켜보다 머리에 번쩍, 나의 구舊 아버지가 떠올랐다. 그렇다. 그와 윤석열 후보는 이목구비만 조금 다를 뿐 행동거지는 매우 일치했다. 이 사실을 깨닫자마자 더 큰 불쾌함이 몰려왔다.

관형사 '구舊'는 '지난날의, 지금은 없는'을 뜻한다. 아버지가 사망한 것은 아니다. 여전히 살아있지만, 내 마음 안에서만큼은 사망을 선고했기에 나는 그를 '구 아버지'라 칭한다. 이 책의 첫 글에 나온 그 사람이 맞다. 그에게 사망 선고를 내린 이유에 대해 잠깐 설명하자면, 그는 몇 년 전 다른 여자와 외도 여행을 떠났다가 엄마와 나에게 적발됐고, 그 여자와 살겠다며 집을 박차고 나갔다. 이혼도 요구했다. 파혼에 대한 귀책 사유가 있음에도 불구하고 본인의 외도에는 '이유가 있었다'라는 해괴한 변명만 할 뿐이었다. 나와 남은 가족들은 지금 그가 남기고 간 빚을 갚고 있다. 파혼 책임자인데도 신용불량자라 위자료 없이 사업 빚만 남기고 떠났기 때문이다. 매우 건조하고 간단하게 설명했지만, 문장 사이사이에 더 괴로운 일들이 많았다. 어쨌든 이 '구 아버지'와 윤석열은 닮은 점이 많았는데, 지금부터는 서술 편의상 그냥 '아버지'라고만 표기했다.

아버지와 윤석열은 '겁'이라는 공통점이 있다. 두 남자가 흡사한 만큼, 윤석열이라는 인물을 중심으로 말과 행동을 살펴보면 그는 매우 겁이 많은 남자다. '검찰 최고 권력자 출신인 사람이 뭐가 겁나는 게 있겠느냐'라고 하겠지만, 문제는 그가 검찰 바깥으로 나왔다는 점이다. 후보 시절부터 대통령직 수행 중인

지금까지 그는 정면돌파를 한 적이 단 한 번도 없다. 그나마 하나 꼽아보자면 출근길 간단한 기자회견에 속하는 '도어 스테핑' 정도다. 이것도 형식만 갖췄을 뿐 논란이나 의혹, 정책 질문 등에 제대로 답한 적 없으며, MBC 기자가 예의 없이 질문했다는 이유로 그만뒀다. 해당 기자는 '왜 대통령 순방기에 MBC 기자만 제외했느냐'라는 질문을 했을 뿐이다. 만약 윤 대통령이 옳고 그름을 떠나 본인의 의지나 기상이 굳세었다면 정확히 답했을 것이다. MBC가 내 욕설을 보도한 게 마음에 안 들었다고, 내가 창피한 뉴스를 내보내서 해외 순방에 데리고 가기 싫었다고 당당하게 쏘아붙였을 것이다. 하지만 윤 대통령에겐 그런 배짱이 없다. 겁이 많다. 일단 도망간 후에 주변의 도움을 얻어 뒤에서 공격하는 스타일이다.

정치 무대에 오르기까지 그는 검찰 조직 안에만 존재했다. 우리 모두가 알다시피 검찰 조직은 그 어떤 곳보다 폐쇄적이고 수직적인 곳이다. 폐쇄적 집단 안에서 최고 권력자가 되는 방법은 의외로 복잡하지 않다. 조직 안에서 강자를 찾고, 그 강자의 곁에서 아첨하며, 강자를 괴롭히는 존재를 제거하고, 강자에게 인정받는 것. 이 과정을 잘 마친 후 권력을 이양받으면 다음 간신배들이 자기 옆에 들러붙어 안위를 보장해 준다.

그러나 정치는 다르다. 정치 안에도 강자와 간신배들이 존재하긴 하지만, 정치는 기본적으로 감시를 받는 집단이다. 실수하면 조직 바깥의 사람들이 단체로 혼내러 오고, 성과를 내지 못했을 때는 집회와 시위가 당장 내 주변에서 열릴 가능성을 염두에 두고 일해야 한다. 또한, 대한민국 국회가 협치를 가장 못 하는 곳이긴 해도, 국회의원이라면 어쩔 수 없이 상대편과 마주해서 논쟁하거나 합의를 이루기도 해야 한다. 이러한 경험치가 쌓이면 비판의 목소리도 감내할 굳은살이 생기고, 상대방 공격에 반박하거나 사과할 용기도 생기는 것이다. 어떤 방향으로 경험치를 성장시키느냐에 따라 한물간 정치인이 되거나 대통령 후보까지 오르는 편인데, 윤 대통령에겐 이런 경험치가 존재하지 않았다. 그저 폐쇄적인 경로 안에서 찍어 누르고 아첨하고 인정받는 경험만 해봤으니 모두가 보는 앞에서 시도해 보는 정면돌파 같은 건 꿈도 못 꾸는 것이다.

아버지도 윤석열처럼 폐쇄적인 조직 안에서 실력이 아닌 네트워킹(정확히는 협잡)으로 졸부가 됐었다. 본인의 아버지가 최고 결정권자였고 본인은 형과 함께 이곳저곳에서 최고 결정권자의 이름값으로 사업 자금을 끌어당기면 됐으니 '타인과의 협업 및 갈등 해결' 같은 건 경험한 적 없다. 만약 그가 사업 수완에 대해 좀 더 깊이 배우고 실력을 키웠다면 부도 한 번이 인생을 나락까지 몰고 가진 않았을 것이다. 실패 후에 다른 일을 찾아보고, 그 일이 안 맞으면 또 다른 것에 도전하는 등의 정면돌파 없이 평생을 무책임하게 살아가고 있다. 아파트를 팔고 구축 빌라로 이사하면서 남은 돈을 각종 골프 여행과 유흥에 탕진했고, 그걸 다 소진할 때쯤 이사 온 집을 담보로 잡아 수천만 원의 주택담보대출을 받았다(이 빚을 나와 가족들이 갚고 있다). 간단하게 말해서 새로운 도전이나 보통의 노동으로 시민사회에 적응하는 게 아니라, 어떻게든 회피하면서 가장 갈등을 겪지 않아도 되는 방법만 골라서 살아가는 셈이다. 윤 대통령처럼 실패나 비판, 갈등이 너무나 무섭기에 그런 경험이 없는 곳만 찾아다닌 아버지다.

　윤석열 정부의 수억 가지 단점 중 하나로 '대통령이 직언을 듣지 않는다는 점'이 있다. 대통령이 참모진의 의견을 듣지 않고, 본인 마음에 내키는

대로 행동하기에 국정이 엉망이다. 얼핏 상상해
보면 윤 대통령은 직언하는 참모진에게 우악스럽게
소리치거나 얼굴이 벌게진 채 길길이 화를 내며 안
들을 것 같은 인물이다. 다만, 내 생각은 조금 다르다.
용산 대통령실의 사정을 아예 모르는 입장에서 하는
상상에 불과하겠지만, 윤 대통령은 직언 앞에서 그냥
도망치기 바쁠 가능성이 크다. 겁 많은 남자들은
오히려 공개적이고 사람이 꽤 있는 장소에서만 화를
낸다. 공개적 장소에선 자기 의견에 동조하거나 같이
화내줄 누군가가 있을 거라고 막연히 기대하기도
하며, 때에 따라선 선동을 통해 함께 공격할 수도
있기 때문이다. 갈등이나 논의 당사자가 당장
일대일로 눈앞에 있으면 이들은 회피부터 생각한다.
귀찮은 일이라며 손사래 치거나 다음에 이야기해
보자고 자리를 피한다. 그리고 나선 나중에 다른
이에게 "내가 아주 그냥 혼꾸멍을 내줬지!"라며
현실을 부정한다. 지금 용산에도 이런 상황이
펼쳐지고 있지 않을까.

이렇게 예상할 수 있는 이유는 역시나 그가
아버지와 비슷하기 때문이다. 아버지가 사업
부도 후 유독 미워했던 인물이 하나 있다. 그의

형, 그러니까 내겐 큰아버지다. 시도 때도 없이
큰아버지 욕을 해댔던 아버지였지만, 큰아버지와
일대일로 대화하지는 않았다. 투덜거리고 화내면서도
큰아버지와 연락하고 지내면서 집안의 크고 작은
일을 같이해나갔다. 그렇게 화가 나고 "죽이고 싶을
정도로 싫다"고 말할 정도면 만나서 담판을 지을 법도
했지만, 아버지는 큰아버지와 갈등을 해결하거나
대화를 시도하지 않았다. 겁먹은 것이다. 무섭고
마주할 자신이 없으니 집안에서 안 들릴 때만 죽일
기세로 증오할 뿐이었다. 아버지가 큰아버지에게
대놓고 싫은 소리를 할 때는 유일하게 명절 기간이다.
온 가족이 모였을 때, 그 가족 중 큰아버지를
싫어하는 구성원이 반드시 있을 때, 같이 싸워줄
누군가가 있을 때만 기세등등한 척하며 화를 내고
소리쳤다. 윤 대통령이 야당 대표와의 독대를 미루고
미루는 이유도 이와 다르지 않을 것이다.

　　겁 많고 초라한 두 한국 남자의 또 다른
공통점은 '약자 괴롭히기'다. 겁이 많아서 강자와
싸울 생각도 못 하는 남자들이다. 그 대신 자기보다
약한 존재를 악랄할 정도로 괴롭히거나 사회
바깥으로 밀어버리는 데 몰두한다. 그래야 자기

힘이 증명된다고 믿는 것이다. 윤석열 대통령이 지금 이태원 10.29 참사를 대하는 태도도 결국엔 약자 괴롭히기 방법 중 하나다. 사회적 참사가 발생했고, 그 피해자가 보통의 시민이라면 대통령으로서 책임을 져야 한다. 하야를 하라는 말이 아니다. 책임자를 처벌하고, 대통령으로서 대국민 사과를 전하고, 재발 방지를 위해서 정책을 수립하고, 진상 규명이 명확하게 되도록 지시하라는 말이다. 이 기본적인 정면돌파가 두려워서 자기 수하들을 이용해 유가족을 지독히도 괴롭힌다.

괴롭힘에는 꼭 물리적 폭력이나 정신적 폭력만 수반되는 게 아니다. 무시와 회피도 약자 괴롭히기의 한 방법이다. 유가족과의 대화를 거부하고 모든 법안 밀어내기를 통해 얼마나 겁이 많은지 잘 증명하는 윤 대통령이다. 유가족이 오체투지를 하며 대통령실까지 와도 멀리서 바라만 볼 뿐 자신의 책임을 다하지 않는다. 용산에 꽁꽁 숨으면 남들이 해결해 줄 것 같겠지만, 착각이다. 이 괴롭히기는 반드시 부메랑이 되어 날아온다. 당장 내일이 될지, 몇 년 후가 될지 모르지만 반드시 날아온다.

아버지 역시 약자 괴롭히기로 자신의 존엄성을

증명하려 했다. 괴롭힘 대상은 예상하듯이 가족이다.
가족 대상으로 폭력을 행사하거나 욕설을 내뱉거나
둘 다 동시에 하는 등의 방식으로 스트레스를
풀었다. 아버지는 가부장의 책임을 회피한 채, 자기
일이 풀리지 않을 때 엄마-나-동생 순으로 폭력을
행사했다. 가족들을 딜레마에 빠트리는 말도
반복했다. 본인은 돈 버는 기계냐며 불평불만을
해댔는데, 정작 엄마가 생업에 나서겠다고 하면 그건
'남편이 돈 못 버는 것을 증명하는 행위'이기 때문에
안 된다고 했다. 오랜만에 외식을 하자고 먼저 제안해
놓고 식사 후 나와 동생이 즐거운 얼굴을 하고 있으면
"얻어먹어 놓고 감사 인사도 안 하냐?"라고 타박했다.
　　　그는 그냥 자기 통제권 안에 있는 약자를
괴롭히는 게 일상이었던 사람이었다. 바깥 사회에선
겁쟁이였고, 자신에게 겁이 많다는 걸 인정하기
싫어서 가장 쉽고 약한 존재를 괴롭히며 자존감을
채우는 사람에 불과했다. 윤 대통령도, 그가 운영하는
정부도, 정부와 발맞추는 여당도 비슷하다. 가장
만만한 상대를 골라잡아 흔드는 것으로 자신의
정치적 쾌감을 즐기는 무뢰배들을 시민들이 언제까지
참아줄 거라 생각하는지 궁금하다.

아마 지금쯤 나의 아버지와 윤석열의 공통점을 읽으면서 본인의 아버지 모습도 떠올린 독자님이 있을 것이다. 당연할지도 모른다. 결국 윤 대통령과 나의 아버지는 한국 사회를 가장 불쾌하게 만드는 중장년 가부장 남성의 정수를 모아놓은 모델이기 때문이다.

그들은 반성과 성찰 같은 지극히 '인간적인 것'은 하지 않는다. 그런 것들이 자신의 남성성을 깎는다는 생각에 평생 개선될 여지 없이 살아간다. 이토록 골칫거리인 존재가 대통령이라는 사실은 종종 나를 무기력하게 만든다. 나의 아버지야 내가 속으로 사망 선고하면 그만인데, 대통령은 그렇지 않다. 매 순간 내 삶에 영향을 끼치는 존재이며, 세상에서 제거하는 합법적인 방법도 없다.

그는 대통령이 되지 말았어야 했다. 그게 공공의 이익에 부합하는 일이었다.

2024

대통령이 되지 말았어야 할 이유

그는 대통령이 되지 말았어야 했다. 단순히 사람에 대해 좋고 싫음을 떠나서 대통령직을 수행할 능력이 부족한 사람이다. 우리가 겪었던 역대 대통령들을 떠올려 본다면 지금 그가 얼마나 문제인지 쉽게 깨달을 수 있다.

민주 정부 수립 이후부터 문재인 전 대통령 때까지 그 어떤 대통령도 100% 완벽하게 국가를 운영하진 않았다. 당연하다. 두세 명으로 구성되는 소모임에서도 갈등이 일어나는 마당에, 몇천만 단위의 시민이 사는 '국가'를 운영한다는 건 평화로운 일이 아니다. 집권 과정에서 많은 비판과 질책을 받기 일쑤이며, 때에 따라서는 역사에 부끄러운 흔적을 남기기도 한다. 하지만 윤석열 정부 이전까지의 비판은 주로 대통령의 '행위'에 초점이 맞춰져 있었다. 어떤 정책을 펼치거나 메시지를 발표했을 때 '그 결정은 잘못되었다'라고 지적하던 우리였다. 이와 달리 윤석열 정부는 '윤석열'이라는 인물 자체가 최대 리스크다. 차라리 대통령 없는 정부가 더 나아 보일 정도로 시스템이 무너지고 있다.

윤석열 대통령의 존재가 왜 국가 위협인지는 크게 다섯 가지로 요약할 수 있다. 첫째, 검찰총장

출신이라는 점. 둘째, 자존심만 가득한 허수아비로
전락하고 있다는 점. 셋째, 호탕하게 보이려 애쓰지만
책임감은 없다는 점. 넷째, 사회적 약자에 대한
감수성이 바닥이라는 점. 마지막 다섯째, 일관적이지
않은 말로 혼선을 일으킨다는 점 등이다.

검찰총장 출신 대통령

　　검사직에 오래 몸담은, 그것도 모든 검사를
휘하에 뒀던 인물이 대통령 자리에 올랐다는
것은 부끄러운 일이다. 오죽하면 윤석열 대통령
시대가 열렸을 때, 해외 언론에서도 그가 전직
검찰총장이라는 사실에 집중했을까.

　　검사라는 직종이 사회악이라는 말은 아니다.
범죄를 엄벌함으로써 시민을 보호하는 데 힘쓰는
직업군이 검사다. 그러나 그 직업군에만 오래
머무르면서 최고 권력자의 자리까지 오른 사람이
대통령 자리에 앉은 건 심각한 문제다.

　　그간의 대통령들이 다 훌륭하기만 한 사람은
아니지만, 그들은 적어도 시민 속에 함께 살아온
사람들이었다. 아직도 지지자들에게 '영애'라 불리며
대접받는 박근혜 씨도, 대한민국의 안전 기반을 다

부숴놓고 자기 혼자 부를 쌓은 이명박 씨도 윤석열 대통령만큼 폐쇄적인 조직에 오래 몸담은 사람들은 아니었다. 엉망진창으로 국정을 운영하기까지 그래도 정치권에 머물며 세상이 어떻게 굴러가는지 체감은 했던 인물들이다.

반면에 '검찰총장 윤석열'이 살아온 삶은 시민과 괴리된 삶이다. 막강한 수사권으로 한 사람의 인생에 대해 먼지 한 톨까지 다 털어볼 수 있는 권력을 쥔 채 살아왔다. 그에게 세상이란 흑백 논리로 구성된다. 무죄 아니면 유죄. 승소 아니면 패소. 피해자 아니면 가해자. 아군 아니면 적군. 갈등과 타협의 순간을 공적 현장에서 경험하지 않았으니 무엇이 정치인 줄 모른다. 10조각의 파이를 얻는 게 목표였으면 무조건 10조각을 받아내야 하지, 상대방에게 3조각 양보하고 내가 7조각 받아오는 상상 같은 걸 전혀 할 줄 모른다. 그런 논리가 없다. 3조각 주는 건 패소하는 것이고, 10조각의 승소가 아니면 아무 의미 없다며 자리를 박찰 뿐이다.

그런 사람이 대통령이 됐다는 것은 국정 운영도 '모 아니면 도' 식으로 흘러간다는 것을 뜻한다. 내어줄 것은 내어주고 취할 것은 취하는 정치 없이,

승패 논리로 나라를 운영하기 때문이다. 이런데도 검찰총장 출신이 뭐가 문제냐고 묻는다면 그 사람도 아마 검사 윤석열처럼 매일 피아식별에 인생을 쏟고 있을 것이다.

자존심만 있는 허수아비

살아온 인생이 흑백 논리라면, 대통령이 되어서 정치를 배울 수도 있을 것이다. 유능한 참모진을 곁에 두거나 정치적 멘토를 좇아서 대통령으로서의 자질을 키워나가면 된다. 그게 상식이지만, 우리의 영험하신 대통령 각하는 그렇게 생각하지 않는 것 같다. 배울 생각도 의지도 없어 보인다. 스스로가 완벽한 인간이라 생각하기 때문 아닐까.

대통령실이 집권 초기에 가장 많이 했던 변명은 대부분 '대통령이 처음이어서' 위주의 말들이었다. 참으로 신기한 말 아닌가. 우리 대한민국이 언제부터 대통령 연임이 가능한 나라였는지 나조차 의심할 뻔했다. 독재 정권이 아닌 이상 대통령을 '두 번째'로 해보는 사람이 과연 있었는지 묻고 싶었다. 백 보 양보해서 그땐 '처음'이라 넘어가 줬다고 치자. 그럼 지금은 당최 왜 그런가. 일 년 열두 달을 넘기고 그것보다 몇 개월을 더 집권하면서도 여전히 처음과 같은, 아니 처음보다 더 엉망으로 나라를 운영하는 걸 보면 경력이 문제는 아니었다. 사람이 문제다.

좀 배워달라. 배우면 남 주냐는 말도 못 들어보셨는지 간곡히 여쭙는다. 서울대학교 졸업하고 사법고시도 합격한 사람 아닌가. 그럼 그 좋았던 머리로 정치도 배우고 정무 감각도 익히고 대통령직을 잘 수행해 보면 좋지 않겠느냐는 말이다. 아직도 자존심은 하늘보다 높은데 배짱은 없고, 겁은 많고, 그렇다고 배울 생각마저 없다면 남은 임기를 무사히 채울 수 있을지 걱정하셔야 한다. 정무 감각을 키우지 않으면 허수아비 되는 건 시간문제다. 부산 엑스포 관련 보고도 제대로 받지 못해서 세계적으로 크게 비웃음당하지 않았나.

각하의 압수수색이 무서워도 긴히 직언을 드리고 싶다. 배우시라. 배우시고 좀 정신을 차리시길 바란다. 탄핵이나 하야 같은 건 이번 임기 내에 절대로 일어나지 않을 것이다. 대신 그보다 더 무서운 일이 일어날지도 모른다. 허수아비는 쓸모를 다하면 쉽게 폐기된다는 점을 잊지 말자.

책임 없는 호탕함

　사람마다 다르겠지만, 호탕한 대통령이 나쁘지만은 않다. 시원시원하게 말해서 답답한 면이 없고, 자만심은 꼴 보기 싫으나 그래도 추진력이 좋으니 결과물을 빠르게 볼 수 있다. 문제는 그런 식으로 완성된 말과 행동에 당사자가 책임을 하나도 안 질 때 발생한다. 윤석열 대통령이 그렇다.

　정부 부처와 긴밀히 협의되지 않은 채 경제 관련 행사장 가서 "금융 투자 세금을 없애겠습니다"라고 말하면 그 책임은 누가 지란 말인가. 현장에서는 박수도 받고 어깨도 한껏 올라가겠지만, 자기 기분만 내고 끝이라서 골치 아프다. 외교에서도 마찬가지다. 미국 대통령과의 자리에서 호기롭게 노래 한 곡 뽑으면 무얼 하나. 무역 문제를 해결하는 것도 아니고 국내 자동차 산업의 미국 진출 문제를 해결하는 것도 없이 노래만 부르고 온다. 광대도 아니고.

　이런 식의 호탕함은 '대통령의 호탕함'이 아니다. 말을 내뱉기 전에 자기 책임을 다하고, 내뱉은 후에 약속까지 지켜야 시민들 역시 지지해 줄 것인데, 어찌 된 일인지 우리 조국의 대통령에겐 그런 모습이 전혀 보이지 않는다.

사회적 약자 방치하기

　　가장 큰 문제는 대통령이 후보 시절부터 자꾸만 사회적 약자를 방치한다는 점이다. 다들 기억할 것이다. 정 가난한 사람은 품질이 떨어지는 식품이라도 먹게 해줘야 한다던 소신, 노동자들이 주 120시간 바짝 일하고 그 뒤에 쉬게 하자던 소신, 일하다 죽는 노동자가 안쓰럽긴 해도 기업에게 책임을 물면 고용시장이 축소돼 더 안 좋다던 소신 등. 하나같이 '강자'의 입장에서만 생각하는 대통령이다.

　　적어도 한 나라의 대통령이라면, 가난이나 열악한 노동 환경을 '어떻게 개선할 것인가'를 먼저 고민해야 한다. 그런데 윤석열 대통령은 매번 사회적 약자의 존재를 자신과 멀게 둔다. 지금은 어쩔 수 없으니 알아서 버티게 해야 한다, 세상은 원래 강자들이 더 살기 편한 것이다 등의 기조로 말할 뿐이다. 가난한 사람이 부정식품에 노출되지 않도록, 노동자가 적정 수준의 노동과 휴식을 누릴 수 있도록, 일터에서 누구도 죽거나 다치지 않도록 먼저 고민하지 않는다. 너무나 기득권스러운 대통령을 우리는 마주하고 있다.

대통령의 사회적 약자에 대한 감수성이 바닥일 때, 모든 정책은 기득권 중심으로 흘러간다. 이걸 증명이라도 하듯 지금 정부는 부자 감세를 더욱 추진하고 복지 혜택을 줄이는 데 힘을 쓰고 있다. 대통령 눈에 '보이는' 사람들만 챙기겠다는 뜻이다. 사회 안전망이 무너져서 누군가 죽거나 사라져도 그는 별생각 없을 것이다. 길거리에 늘 보이던 풀꽃이 어느 날 사라지면 '없어졌나 보다' 하는 것처럼 무관심할 게 뻔하다.

앞과 뒤가 다르게 말하기

대통령은 정책 담당관들과 하루에 몇 번을 마주하고 이야기할까. 예상해 보건대 하루 단위가 아니라 일주일에 두세 번뿐이지 않을까. 그렇지 않고서야 정부가 발표하는 정책과 대통령의 말 사이 앞뒤가 전혀 맞지 않다.

연구 예산을 대폭 삭감했는데 대통령은 국가 미래를 위해 연구 지원을 더 탄탄하게 할 것이라 말한다. 방과 후 돌봄 예산을 국고에서 하나도 배정하지 않았는데 대통령은 학교 현장 처우가 좋도록 대책이 있을 것이라 말한다. 노동 시간

관련해서는 대통령과 대통령실이 말하는 수치가
서로 달랐다. 입시 정책을 두고선 교육부가 발표하면
대통령이 반박하는 혼선이 일어나기도 했다.

　이런 상황이 펼쳐지는 이유는 특별할 것 없다.
대통령이 정책 결정 과정에 관심이 없기 때문이다.
최종 결재권자는 대통령이지만(부디 이 시스템만은
상식적으로 흘러가고 있길 바란다) 결재에 앞서 꼼꼼한
검토는 하지 않기에 자꾸만 엇박자가 일어나는
것이다. 우리는 이런 종류의 책임자를 살면서 한두
번쯤 만나기 마련이다. 기껏 다 준비해서 허락까지
받았는데, 나중에야 "내가 언제 그랬음?" 식으로 속을
뒤집는 사람들 말이다. 그런 사람이 대통령일 때,
나라 꼴은 정확히 지금과 같이 엉망으로 변한다.

　정의당에서 일할 때, 이름을 밝힐 수 없는 유명
국회의원의 보좌진이 국회 식당에서 한탄하는
이야기를 들었다. 해당 국회의원은 방송에 꽤 자주
출연하는 소위 '간판 국회의원'이었는데, 보좌진과의
상의 없이 일단 방송에서 약속하고 내지르는 습관이
있다고 했다. 그런 그 때문에 보좌진들은 의원과의
회의가 아니라 방송 출연 영상을 보고 법안을
준비한다며 한숨을 쉬고 있었다. 아마도 대통령 역시

이런 의원처럼 시스템을 무시하고 본인 마음대로
내지르고 보는 스타일일 것이라 확신한다.

쓰면 쓸수록 서글프다. 대통령이 되지 말아야
했던 사람이 덜컥 대통령이 되어버린 탓에 그 피해는
온전히 우리가 짊어져야 하는 현실이다. 대통령이
리스크인 여러 나라를 보면서 '아이고 어떡하냐'라고
생각했던 지난날의 내가 안타깝다. 남의 집 불구경을
할 게 아니라 우리 집이 활활 불타고 있었던 걸 좀
알았어야 할 텐데. 화재 보험도 제대로 안 들어서
끝이 어떻게 될지 걱정이다.

오래전부터 방치된 사람들

코로나19 팬데믹 때로 잠깐 다시 돌아가 보자. 그때 재난지원금, 소상공인 손실보전 등 직접적인 현금 지원이 중앙 정부 및 지방 정부 단위로 이뤄졌다. 정부가 해낼 수 있는 범위에서의 책임을 다한 것 같지만, 다른 나라와 비교해 보면 딱히 그렇지도 않다. 한국은 팬데믹 기간에 정부 지출이 매우 적었던 편에 속하는 국가다. 당시 한국은 다른 OECD 가입국들과 비교했을 때 오히려 재정건정성이 오른 것으로 평가되기도 했다. 남들이 지갑 열 때 혼자만 닫고 있었던 탓에 정말로 '가성비'로 막아낸 'K방역'인 것이다.

국가 지출이 적은 건 자랑이 아니다. 정부가 지출을 줄이면 자연스럽게 그 돈은 시민 스스로가 마련해야 한다. 팬데믹 기간 정부 빚이 줄어들 때 가계 부채는 폭발했다. 빚에 허덕이는 사람이 도처에 널렸고, 후폭풍은 지금도 이어지는 중이다. 자본가 기업들은 반대로 돈을 쌓기 시작했다. 다들 기억하듯이, 팬데믹 기간 한국에는 주식 바람이 불었다. '동학개미운동'이라는 자본주의 말장난이 미디어에 퍼지면서 '지금 안 하면 돈을 놓치는 것'이라는 분위기에 너도나도 주식에 투자했다.

이처럼 한국 시민들은 자기 힘으로 대출받고 자기 돈을 쏟아부으며 살아갈 길을 모색하는 동안, 다른 국가에서는 정부가 책임지고 지출을 확대해 팬데믹 기간을 버텨냈다.

그런데도 보수 정당은 나랏빚이 늘어서 미래 세대가 다 갚아야 한다느니, 문재인 정권이 나라를 거덜 내고 있다느니 거짓말하며 시민들에게 고통을 전가했다. 문재인 정부의 기획재정부 역시 보수 정당 목소리에 발맞춰 허리띠를 졸라매기에 바빴다. 이건 쉽게 말해, 버텨낼 사람은 알아서 버티라는 시그널이었다. 적당한 시점에 재난지원금과 손실보전금을 살짝살짝 풀면서 잠깐의 산소호흡기만 달아줄 뿐이었다. 참고로 그때 나랏빚 운운하며 문재인 전 대통령을 비판하던 윤석열 대통령은 우습게도 지금 더 많은 돈을 지출하는 중이다.●

누가 집권하는 정부든 간에 한국은 대체로 시민에게 책임을 전가했다. 이러한 태도가 오래 지속되다 보니 우리 스스로도 정부의 역할을 축소해서 생각하는 편이다. 무언가에 실패하거나 절망에 빠져도 나라 탓을 하기보다는 '내 탓'을 먼저

●
윤석열 정부가 2023년 한 해 동안 한국은행으로부터 대출한 누적 금액은 총 117조 6천억 원. 팬데믹 기간보다 14조 원가량 많다.

한다. 커다란 자연재해나 전쟁이 일어나지 않는 이상, 모든 것은 나의 선택에서 비롯된 것이라는 생각부터 시작한다. 이른바 '각자도생'은 오래전부터 시작되고 있었던 한국이다.

각자도생의 나라라는 건 가까운 또래만 봐도 알 수 있다. 청년 세대가 절망을 느끼는 일에는 많은 것들이 있지만, 아무래도 먹고 살길을 찾을 때 가장 큰 벽을 느낄 것이다. 특히 취업이 그렇다. 단 한 번의 도전으로 단 한 번에 만족하는 일자리를 찾기란, 복권 당첨보다 희박한 확률이다. 실패를 거듭할 수밖에 없는데, 취업에 실패할 때마다 이 실패는 개인에게 원인이 있다는 분위기가 팽배하다. 준비를 덜 해서, 실력이 모자라서, 간절하지 않아서, 노력이 부족해서 등 개인의 잘못이 가장 큰 원인이라고 주변에서 말하는 것은 물론 본인도 그런 방식으로 자책한다. 하지만 일자리가 부족해서 경쟁률이 높아지고, 취업이 불가능에 가까워지는 건 궁극적으로 국가의 잘못이다.

"어떻게 취업 못 하는 게 나라 탓이냐"라고 따진다면 국가가 존재하는 이유를 이해 못 하는 사람이라 생각한다. 우리 헌법 제32조 1항은 국가가

'사회적·경제적 방법으로 근로자의 고용의 증진과 적정임금의 보장에 노력'해야 한다고 명시하고 있다. 정부가 소위 '능력주의'를 바탕으로 '취업하지 못한 것은 노력이나 실력이 부족하기 때문'이라는 메시지를 시민 공동체가 공유하도록 내버려두는 것이 아니라, 누구나 노동할 수 있는 권리를 적극적으로 보장해야 한다는 것이다.

청년 실업이 청년 고립으로 이어지고, 끝에 가서는 최악의 상황을 낳고 있는데도 정치는 이를 해결하려 하지 않는다. '전 세계 경제가 불황이라 사실상 방법이 없다'라는 말을 반복하지만, 오늘날 세계 경제가 호황이던 때는 과연 언제였나. 어려운 상황 속에서도 해결책을 마련하라는 것이 정치에 전하는 시민 명령 아니었나. 어쩔 수 없는 상황이라는 말만 계속할 거면 행정 기관이나 입법 기관이 존재할 이유가 없다.

하다못해 서울과 서울 바깥의 일자리 격차를 줄일 시도라도 해야 한다. 한국의 일자리는 모두, 정말 '모두'라고 말할 수 있을 정도로 서울에 집중돼 있기에 비수도권에서 나고 자란 청년이 그나마 괜찮은 일자리를 얻으려면 서울로 향해야 한다. 국가가 일자리 분배에 실패하고 포기한 결과를 개인이 감내해야 하는 것이다. 아마 비수도권에서 자란 후 서울로 취직해 본 사람은 이게 얼마나 불합리한지, 서울에서 태어났다는 사실이 왜 '특권'이 될 수 있는지 공감할 것이다. 고소득 직종이 아닌 이상, 서울의 막대한 주거비용을 지불하고 나면 지역의 중소기업 급여와 비슷한 돈만 손에 쥘 수 있다. 그렇다고 차라리 지역으로 돌아가 일하려고 하면 지역에는 내 커리어를 성장시킬 만한 일자리가 거의 없거나, 있어도 이미 다른 경력자들로 채워져 있다. 평생 직업이라는 것이 사라진 시대에 성장 기회가 없는 곳만 돌아다니며 일할 수도 없는 노릇이다. 결국, 비싼 주거 비용과 물가를 감당하며 서울에서 '겨우' 사는 게 보통이다. 그렇다고 수도권 출생 청년은 유복하고 비수도권 출생 청년은 어렵다고 갈라치기 하려는 것이 아니다. 이 현실을 정부든 국회든 정당이든 집요하고 성실히 해결하려는 곳이 없기에 모두가 알아서 생존할 수밖에 없는 한국이다.

나 역시 처음 정의당에 입사할 때, 얼마간 고시원에 살았다. 당장 월세방이라도 구하려면 보증금이 있어야 하는데 내 통장에는 50만 원이 전부였다. 서울 변두리 월세방 보증금도 최소 500만 원부터 시작했기에 고시원밖에 답이 없었다. 몇 달간 출근할 수 있는 모든 짐을 택배로 부치고, 남은 돈을 털어 기차표를 예매했다. 고시원 비용은 카드 대출을 받아서 해결했다. 아르바이트, 비정규직 등의 경력밖에 없으니 신용이 없어서 카드론 말고는 아무런 대출을 받을 수 없었다. 그때 청년층 고금리 빚이 왜 많은지 몸소 깨달았다. 한 달에 45만 원을 고시원 거주비로 지출하며 살았다. 내가 제일 고생했다고 말할 수 없다. 나보다 더 힘든 청년들이 그때도, 지금도 너무 많다.

미디어에 많이 노출되는 고시원에는 주로 진짜 '고시준비생' 아니면 독거노인, 중장년 남성만 사는 것처럼 보이지만, 실상은 다르다. 고시원엔 사회 초년생이 가득하다. 내가 사는 고시원만 해도 아침마다 복도가 바빴다. 공동 주방과 욕실, 세탁실에는 출근 준비에 바쁜 또래들이 가득했다. 넥타이를 매거나, H라인 스커트를 입었거나, 회사 유니폼 차림이거나, 직원 출입증을 목에 건 또래 청년이 텅 빈 얼굴로 서로의 곁을 좁은 복도에서

게걸음으로 지나쳤다. 늦은 저녁엔 TV나 유튜브 소리가 각 방에서 흘러나왔다. 사람을 초대할 수 없고 통화는 무조건 다 들렸기에 누구도 목소리를 내지 않았다. 내가 사는 방은 창문이 있어서 45만 원이었고, 창문이 없으면 38만 원이었다. 사람이 살아가는 데 있어 가장 기본적인 요건이 7만 원으로 결정되는 곳이었다. 그럼에도 창문 없는 방은 늘 만석이었다.

청년의 삶에 대해 생각할 때마다 먹먹하다. 아무리 각자도생의 나라라고 해도 시민권을 잃은 사람들처럼 청년들이 방치돼 있다. 고시원뿐만 아니라, 반지하, 옥탑방 등 주거에 적합하지 않은 곳으로, 부엌과 침실과 거실이 손바닥만 한 곳에 합쳐진 원룸으로 청년들을 몰아넣고 그들을 '나라의 미래'라고 부르는 권력자들이 한국을 운영한다. 지옥에서 겨우 살아남아 가진 돈을 탈탈 털어 전세방을 구해도 안심할 수 없다. 이제는 전세 사기라는, 상상하지도 못한 피해에 두려워해야 한다. 등기부등본이라는 공식 문서조차 전세 사기를 막지 못하는 나라인데 이걸 끝까지 해결해서 담판을 짓는 정치인이 아무도 없다. 불쌍해 죽겠다는 표정으로

"참담합니다" 따위의 감상만 말하고 '표'되는 사안에 다시 집중한다.

윤석열 정부 들어서 각자도생의 삶이라는 말이 강조되고 있지만, 청년층은 이미 그런 삶을 살아오고 있었다. 우리는 절망에 익숙해서 놀랍지도 않다. 절망에 익숙한 청년을 이제는 청년이 아니라 'MZ세대'라 부른다. 듣기 지치는 그놈의 MZ 타령은 선거철만 돌아오면 반복된다. MZ세대라는 말이 등장했을 때 우리네 정치는 얼마나 기뻤을까. 피곤하게 고민하지 않아도 되는 명분이 갑자기 만들어졌으니 말이다.

과거에는 '청년'이라는 집단 자체에 대한 해석이 워낙 다양해서, 어떤 식으로 청년을 대해야 할지 고민인 분위기가 분명히 있었다. 하지만 MZ세대 용어 등장 이후 청년 세대에 관한 진지한 탐구는 사라지고, 'MZ는 어떻다' 등의 선명한 낙인만 남았다. 한 사람, 한 사람의 특성을 살피려는 시도도 없이 요상한 이미지를 청년 전체에 씌운 뒤에 "MZ는 이런 거 좋아하잖아"로 퉁치는 분위기로 세상이 바뀌었다. 가물에 콩 나듯 겨우 일어나던 청년 담론은 불과 몇 년 사이에 화려한 MZ 포장재로 다 뒤덮인 것만 같다.

이런 말들을 하고 있으면 꼭 "야 청년만 죽을 것 같냐? 우리도 힘들다"라고 말하는 기성 세대가 불쑥 끼어든다. 미안하지만(사실 안 미안함) 어쩌라는 건지 잘 모르겠다. 내가 우리 또래 이야기를 내가 만드는 책에서 하겠다는데, 여기서까지 당신을 챙겨야 하나. 당신들의 이야기가 듣고 싶으면 지금 TV를 켜면 된다. 청년, 여성, 장애인, 사회적 약자들만 쏙 뺀 당신들 이야기가 뉴스에 하루 종일 돌림노래처럼 나오고 있다.

저출생, 국가가 연출하는 블랙코미디

문제를 해결할 방법은 명확한데 그 방법만은 피해
가려 할 때, 문제 당사자는 정확하게 망한다. 한국이
그렇다. 출생률이 점점 낮아져 인구수 위기가
왔다고 정부가 호들갑이다. 마치 '아무도 예상하지
못한 것처럼' 말이다. 출생률 하락은 어느 날 예고
없이 찾아온 자연재해도, 찰나의 실수가 만들어낸
교통사고도 아니다. 그동안 수많은 경고가 있었고,
여성 당사자들의 외침도 있었다. 여자를 애 낳는
기계로 대하는 잣대부터 고쳐먹어야 한다고 했지만,
아무도 이걸 귀담아듣지 않았다. 착실하게 멸망의
길로 저벅저벅 걸어간 대한민국 역대 정부가
감탄스럽다.

한국은 아직도 비혼 출산을 법적으로 허가하지
않으니, '법에 저촉되지 않는' 경우만 놓고 본다면
임신과 출산 이전에 이뤄져야 할 과정은 '이성애를
지향하는 여자와 남자의 결혼'일 것이다. 여기서부터
바로 모든 문제가 시작된다. 법이 인정하는 결혼의 두
당사자 중 한쪽이 잘못된 결혼관을 가지고 있는데,
임신과 출산이 가능하겠냐는 말이다. 가사 노동 참여
정도만 봐도 남성은 절망적인 수준으로 임하고 있다.

욕실 수건은 언제든 알아서 채워져 있고, 저녁밥은 냉장고에서 아무거나 꺼내면 대충 만들어지는 줄 아는 남자들이 결혼을 꿈꾼다. 이토록 무지한 수준의 남자들과 결혼할 바에는 비혼으로 사는 게 낫다고 판단하는 게 오늘날이다. 이 문제부터 하나씩 실마리를 풀어나가야 임신이든 출산이든 다음 단계를 상정할 텐데, 정부나 정당(진보 정당도 마찬가지)은 자꾸만 먼 이야기부터 하고 있다.

남자들이 그 정도로 무지하지 않다고 말한다면 우리 한국 남자들을 너무 과대평가하고 있다는 짐을 말씀드린다. 어디 한 1950년생 남자를 이야기하는 게 아니다. 나와 동갑인 1990년생 남성 중, 한때 친구라 불렀던 남자들도 가부장적인 사고방식에 머물러 있다. 앞서 밝혔듯 책 출간과 함께 관계가 끊어진 동성 친구 중 한 명 이야기다. 아주 예전에 내가 이성 애인과 동거 가정을 이룰 거라고 계획을 말했을 때 그는 당연하고 해맑게 말했다.

"이야 그럼 이제 퇴근하고 집에 가면 〇〇(애인 이름)가 밥 차려놓고 있겠네. 좋겠다 야."

어디서부터 어떻게 말해야 할지 몰라서 머리가 멍했다. 애인도 나도 각자의 일터에서 일하고 돌아오는데, 누가 무슨 저녁밥을 차려놓느냐고 물었다. 또한, 설령 애인이 일찍 퇴근한다고 해도 그 사람이 내 저녁밥을 차려줄 의무는 없다고 말했다. 그러자 그는 꽤 충격받은 얼굴로 말했다.

"그러면... 같이 사는 의미가 없잖아?"

그와 결혼에 관해서 한 번도 진지하게 이야기해 본 적 없어서 이참에 더 대화를 해봤다. 정말로 욕실 수건을 채우는 일이나 저녁밥을 차리는 일 등 가사 노동 일체가 여자의 몫이라고 생각하고 있었다. 어떤 근거나 이유 같은 건 없었다. 자기 부모님이 그렇게 살았으니 당연히 자기도 그렇게 살 거라고 확신했다. 슬프면서도 웃긴 사실은, 그가 갑자기 웃으며 자랑하듯 이런 말을 하기도 했다.

"야 그래도 나는 아침밥은 내가 차려서 먹고 갈 거거든?"

당시 우리의 대화를 듣던 동갑내기 남자가
여러 명이 있었고, 그중 절반은 그의 말에 동의했다.
어쨌든 가사 노동은 여자가 더 잘하기 때문에 여자가
하는 게 맞고, 남자는 '도와주면' 된다고 했다.
그렇다고 가계 수입을 위한 활동을 남성이 단독으로
한다는 입장은 아니었다. 요즘 맞벌이 아니면
어떻게 사냐는 말에는 입을 모아 동의했으면서 가사
노동만큼은 명확하게 선을 그었다. 누차 말하지만
1990년생 남자들이다. 이 90년생 남자들의 대화를
종합해 보면 여자는 독박 가사 노동과 더불어 가계
수입을 위한 노동도 추가로 반드시 해야 하는, 과로
상태에 있어야 마땅하다는 주장에 도달한다.

그러니까 지금 아이를 낳으면 육아휴직
급여 상한을 올리겠다거나(국민의힘), 아이를
두 명 이상 낳으면 30평대의 공공임대 주택을
주겠다는(더불어민주당) 소리를 할 상황이 아니라는
말이다. 수천억, 수십조의 예산을 엉뚱한 곳에 쓸 게
아니라 한국 남자들의 정신머리를 고치는 데 써야 할
판국이다. 이것이 우선되지 않으면 그 어떤 저출생
정책도 무소용이다. 일부 진보 정당은 노동 시간을
줄여서 일과 가정의 양립을 이뤄내자고 하는데 참

답답한 소리다. 노동 시간을 줄여야 한다는 의견에는 진심으로 동의한다만, 그것이 저출생 해결책이 될 수는 없다. 한국 남자의 정신머리가 그대로인 상태에서 노동 시간이 줄면 그들이 가사 노동과 육아에 적극 참여할까? 길거리 돌멩이가 어느 날 갑자기 인사를 건네는 게 좀 더 현실적일 것이다.

성별 임금 격차가 세계 최고 수준이 된 지 오래인 한국에서 강요하는 '결혼-임신-출산' 과정이란 대체로 이런 것이다. 급여는 남자보다 적게 받고, 집에 돌아와서는 남자보다 가사 노동을 훨씬 더 해야 하며, 출산 후에는 업무 경력을 이어가기 어렵고, 육아도 가사 노동처럼 혼자 다 수행할 것을 각오하는 과정이다. 이걸 평생 해내는 대신 육아휴직 때 돈 좀 더 주고 공공임대 주택 주고 노동 시간 줄여준다고 하면 "아이 낳고 살기 좋은 우리나라"라고 말할 사람이 있을까. 결혼-임신-출산 전반에 깔린 성차별적 문화를 뜯어고쳐야 해결될 일이지만, 정부나 정당은 오래도록 현실을 외면할 것이다. 모든 저출생 정책의 책임자가 1990년생 한국 남자보다 한층 더 가부장적인 1950~1960년생 한국 남자들이기 때문이다.

한창 대학생이었던 2010년대 또래 친구들 사이에선 출산이나 육아 관련 이야기를 할 때 "나중에 애를 낳는다 쳐도 도대체 누가 키울 수 있겠냐"라는 의문이 가장 많이 나왔다. 오히려 이성 친구들이 적극적으로 이 질문을 했다. 육아휴직 개념이 표면적으로만 알려져 있던 시절(지금도 변함없는 수준이지만)이라 부부 중 한쪽이 벌이를 포기하는 게 가능하겠냐는 물음이었다. 하지만 이제는 "왜 결혼을 해야 하느냐"라고 묻는다. 다수의 여성이 결혼을 굳이 할 필요 없다고 말한다. 불과 10여 년 전만 해도 일단은 결혼을 전제조건으로 두고 출산이나 육아를 논했다면, 지금은 다르다. 전제조건이 사라졌다. 비혼이라는 최선의 선택지가 있다.

이러한 변화는 천천히 조용하게 이뤄진 게 아니다. 여자 죽이지 마라, 불법촬영 하지 마라, 같은 일 했으면 같은 돈 줘라, 사람으로 대해라 등의 목소리를 아무리 내도 남성 기득권은 외면했다. '쟤네 젊으니까 저런 소리 하지 나중엔 결혼하려고 남자 찾는다' 식으로 비웃기만 했던 게 한국 남자 집단이다. 그래놓고선 이제 와 "왜 여자들이 이렇게

남성을 혐오하는가", "왜 여자들이 당최 애를 안
낳으려 하는가" 하며 호들갑이다. 국가가 연출해
주는 블랙코미디라니. 저출생 해결은 일찌감치
물건너갔다.

한편, 한국 남자들은 같은 한국 남자를 너무나
사랑하기에 저출생 대안이 나와도 사랑 때문에
포기한다. 어찌나 사랑하는지 '한국 남자와의 결혼'이
수반되지 않는 임신과 출산은 절대로 허락하지
않겠다는 기조가 국가를 든든히 받치고 있다.
최근 비혼 혹은 동거혼 상태로 임신 후 출산까지
하는 여성이 미디어에 등장하고, 그들처럼 비혼 및
동거혼 출산을 희망하는 사람이 늘어나는 추세다.
저출생이 문제라서, 인구가 줄고 있어서, 미래
노동력이 없어서 '국가 위기'라던 정부에게 "아이를
낳고 싶다"라고 말하는 여성의 존재는 희소식일 텐데
한국은 요지부동이다. 국가가 너무나 사랑하는, 우리
한국 남자 없이 이뤄지는 임신과 출산만큼은 나라가
무너져도 막겠다는 눈치다. 국운을 바친 사랑 아닌가.

이런 이야기들을 꺼낼 때 "그럼 당신은 이런
세상에선 아이가 더 이상 태어나지 말아야 한다고

생각하나요?"라고 진심으로 궁금해하는 분들도
있었다. 당연히 아니다. 한 생명을 낳거나 낳지 않는
것을 타인이 강요하는 것 또한 폭력의 한 형태다.
자발적으로 선택한 비혼과 비출산이 존중받아야
하듯이, 누군가가 선택한 결혼과 출산도 존중받아야
마땅하다. 비혼과 비출산을 지향한다고 해서 그
반대의 삶을 멸시하는 사람은 없다. 각자의 삶 형태가
다를 뿐이다.

　　아무리 출생률이 바닥을 향해 가더라도 새롭게
태어나는 아이는 매년 존재할 것이다. 그렇다면
국가는, 정치는 '그럼에도 불구하고' 출산을 결심한
사람과 그 결심으로 태어난 아이를 위해 세상을
바꿔야 한다. 지금처럼 돈을 더 지급하겠다거나
임대주택을 주겠다는 등 분홍색 판넬을 흔들며
선거용 정책만 낼 것이 아니라, 정확히 진단하고
정책을 만들었으면 한다.

　　그러기 위해서는 정책 결정 구조, 특히 책임자
성비부터 바꾸는 일이 꼭 필요하다. 책임자 자리에
남자가 너무 많다. '너무'라는 말이 우스울 만큼
남자로 가득하다. 제아무리 할당제를 통해 실무진
성비를 맞춘다고 해도 최종 결재권을 쥐고 있는 건

남자들이다. 원활한 결재를 위해 삭제된 항목들을 툭툭 털어내고 남은 게 '저출산 해결은 돈 더 주기' 같은 우스꽝스러운 대책이다. 헌정사를 남자들의 선택으로 채운 결과가 이 모양이라면 실패를 인정해야 한다. 한국 남자의 정신머리를 바로잡아야 한다는 말은 농담이 아니다. 문제가 무엇인지 모르고, 심지어 알아도 해결하려 하지 않는 사람들에게 언제까지고 주도권을 맡겨놓을 수 없다.

알고 있다. 비단 이런 것들뿐만 아니라 돌봄, 노동, 경제, 교육 등 사회를 구성하는 다양한 분야의 전반적인 개혁이 있어야 한다. 그런데 지금 우리가 사는 이 나라의 구조가 바뀌지 않는 이상, 개혁이 가능할까.

우리는 절망에 익숙해서

상상을 해본다. 부당한 대통령을 탄핵하고 촛불 정부를 우리 손으로 들였던 문재인 정부 시절, 선거제도 개편에 성공해서 대통령 선거에 '결선투표제'가 도입됐다면 어땠을까.

　　최다 득표자가 전체 투표수의 50%를 넘지 못했을 때, 1등과 2등이 다시 맞붙을 수 있는 그 기회가 있었다면 어땠을까. 참고로 제20대 대통령 선거 개표 결과는 아래와 같다(득표율 1% 이상만 기록).

후보자(소속 정당)	: 득표율 / 득표수
이재명(더불어민주당)	: 47.83% / 16,147,738
윤석열(국민의힘)	: 48.56% / 16,394,815
심상정(정의당)	: 2.37% / 803,358

　　결선투표제가 있었다면 이재명 후보와 윤석열 후보만 두고 재투표가 이뤄졌을 것이다. 결선투표제는 그리 독특한 제도가 아니다. 프랑스, 독일, 폴란드, 오스트리아 등 이미 다수의 국가에서 이뤄지고 있다. 결선투표제가 한국에도 마련됐다는 걸 가정했을 때 윤석열 후보가 대통령이 안 됐을 거라는 보장은 없다. 그래도, 그럼에도 1% 미만의

득표율로 이긴 대통령을 우리가 맞이할 일은 없었다.

이 결과를 두고 '심상정이 이재명과 단일화를 했으면 됐다', '심상정 표가 이재명에게 갔어야 했다'라고 하는데 죄송한 말씀이지만 헛소리다. 선거는 1+1=2 식으로 간단하게 계산되는 일이 아니다. 심상정 후보를 마지막까지 지지한 2.37%의 사람들은 민주당으로 흡수되는 단일화가 이뤄졌으면 대부분 무효표를 던졌을 사람들이다.

대선 당시 정의당 지지층 중 끌어모을 수 있는 사람들까지 겨우겨우 끌어모은 게 이재명 후보의 47.83%다. 윤석열 대통령을 만든 건 심상정 후보도, 심상정 후보를 지지한 2.37%도 아니다. 윤석열이 좋아서 윤석열을 선택한 사람, 이재명 후보가 싫어서 윤석열을 선택한 사람들이 '대통령 윤석열'을 만들었다. 이 책에서 거듭 말했듯 전자보다는 후자가 가장 악랄하고 이기적인 유권자다.

결선투표제 외에도 민심이 반영되는 선거제도가 한국에는 없다. 그런 탓에 우리는 매번 '그나마 덜 나쁜 후보'나 '내가 싫어하는 후보를 떨어뜨릴 수 있는 후보'를 선택한다. 내 마음에 쏙 드는 사람을 뽑고 싶어도 그놈의 '사표死票론' 때문에 주저하게 된다. 저놈만 몰아낼 수 있다면, 저 뻔뻔한 얼굴만 정치판에서 사라지게 할 수 있다면 상관없다는 식으로 투표하는 유권자도 많다. 어그러진 민주주의 속에서 신음하는 건 사회적 약자들이다.

대의정치의 한계 같은 건 굳이 언급하고 싶지 않다. 시민 모두를 대신할 완벽한 대의정치가 현실적으로 불가능하다는 것도 안다. 하지만 300명이 넘는 국회의원 중에 '나를 대신해 준다'라는 생각이 들게끔 하는 국회의원이 없다는 건 이해할 수 없다. 독자분들께도 묻고 싶다. 살면서 '나와 닮은 정치인'을 본 적이 있는지 말이다. 이건 꽤 중요한 문제다. 특히 지금 막 청년기를 살아가는 세대에게는 더욱 절실하다.

이번에는 더불어민주당이, 다음번에는 국민의힘이, 또 그다음 번에도 더불어민주당 아니면 국민의힘이 번갈아 권력과 의석수를 나눠 갖는 한국이 이대로 유지된다면 내 또래 세대의 결말은 두 가지다. 외국 아니면 천국. 한국을 버리고 떠날 수 있는 청년은 외국으로 떠날 것이고, 떠나지 못해 버티던 청년들은 천천히 스러져 천국으로 갈 것이다.

냉소적이고 비관적인 것처럼 들릴지 모르지만,
슬프게도 사실이다.

실제로 최근 통계청 자료에 따르면 20세에서
29세의 자살률(인구 10만 명당 자살로 인한 사망자 수)이
다른 연령대 자살률 대비 증가 폭이 크다. 한국이
OECD 가입국 중 자살률이 가장 높은 국가라는 점을
감안하면, 청년층이 자살로 가장 많이 사망하는
나라는 한국이다.●

자살만이 문제가 아니다. 아파도 병원에 가지
못한다. 한국청소년정책연구원 보고서는 만 19세
이상 34세 미만 청년 중 '아파도 병원에 못 간' 청년이
10명 중 4명이라고 밝혔다. 못 간 이유로는 병원에
갈 시간과 돈이 부족하기 때문이라는 응답이 가장
많았다.●● 그 밖에도 청년층이 한국에서 살아가기
어려운 각종 지표는 하루가 멀다고 쏟아지는 중이며,
여성 청년의 자살을 집중적으로 다룬 『증발하고 싶은
여자들(이소진, 오월의봄, 2023)』도 있다.

●
「국민 삶의질 2022」, 심수진; 남상민; 김은아,
통계청 통계개발원(2023)

●●
「청년 빈곤 실태와 자립안전망 체계 구축방안 연
구Ⅲ」, 김형주; 김정숙; 김문길; 변금선; 배정희,
한국청소년정책연구원(2023)

경고등은 오래전부터 깜빡이고 있었다. 이걸 지금처럼 방치해두기만 한다면 한국 청년은 외국 아니면 천국으로 떠나 누구도 남아있지 않을 것이다. 나 또한 외국으로 도망갈 수 없는, 이곳에서 살아가야 하는 세대 당사자다. 나의 끝이 천국이라면, 지옥이 아닌 것에 감사해야 하는 걸까.

세상을 바꿀 가장 효과적인 도구는 정치라고 생각한다. 법을 제정하고 규칙을 바꾸는 그 일련의 과정에 이제는 우리와 비슷한 얼굴을 보고 싶다. 그런 의미에서 국민의힘이든 더불어민주당이든 정의당이든 어디든 '중진'들이 욕심을 버렸으면 좋겠다. 민주화운동 이후 지금까지 많은 세월이 지났다. 아직도 서로 싸울 게 남았는지 묻고 싶다. 당신들이 말하는 적폐 청산, 운동권 정치 심판 등은 우리에게 아무런 감흥을 주지 않는다.

당신들의 싸움터 바깥에서 우리는, 적폐나 운동권 정치가 아니라 각종 불평등과 위기에 맞서고 있다. 최소한의 삶을 위해, 최소한의 존엄을 위해 직방과 다방에서 지갑 사정에 맞는 월세방을 알아보고 알바천국과 사람인에서 6시간 이상 노동할 수 있는 자리를 찾아본다. 이번 달을 넘기면 다음 달까지 얼마의 돈으로 생을 유지할 수 있을지 걱정한다. 기후 위기를 정면으로 마주하며 엉망으로 변하는 지구에서 살아가야 한다. 당신들이 근엄하게, 혹은 저급하게 서로를 말로 공격하기 바쁠 때 우리는 과거의 외침을 다시 꺼낸다. "이게 나라냐"라고 말이다. 절망에 익숙한 우리의 얼굴을 정치에서 보고 싶다. 우리와 같은 얼굴을 하고, 같은 말을 쓰고, 같은 아픔을 공유하는 사람에게 희망을 걸고 싶다.

처음에 이 책을 쓰기 전에는 솔직히 말해서 '다 망한 나라에 무슨 희망이 있다고' 식의 자조가 더 컸다. 그러나 1990년대부터 오늘까지 내가 겪어온 한국을 기록할수록 터무니없게도, 희망이라는 단어가 보였다. 우리는 절망에 익숙해서 희망을 꿈꾸지 않는 것이 아니다. 절망에 익숙해서 희망이 어떤 모습인지 정확히 모를 뿐이다.

돌이켜보면 나는 희망을 꽤 자주 마주했었다. MB OUT 피켓을 들고 홀로 섰던 선배, 그것은 묻지마 살인이 아닌 여성혐오 살인이라 가르쳐줬던 후배, 권력형 성폭력을 고발한 미투 활동가들, 가성비 방역에도 자기 책임을 다한 의료 노동자들, 고시원이든 어디서든 노동을 포기하지 않은 또래

세대들까지. 서로가 서로의 희망인지도 모르는 채
지나갔던 시간들이 있었다. 가장 일상적인 곳에서
가장 평범한 모습으로 자기만의 자리를 지켰던
사람들 덕분에 그나마 이곳이 무너지지 않았다. 이제
이 사람들이 마땅한 빛을 받을 때다.

다시 상상을 해본다. 이번엔 제20대 대통령
선거가 아니라 그보다 훨씬 전으로, 내가 "김운환을
믿어 주세요"라며 동네를 돌아다니던 때로 돌아가
본다. 한국이 IMF 관리 체제로 들어가며 해외 자본에
굴욕적으로 굽힐 때, 그때 오히려 더 큰 부자가 되고
더 큰 권력을 잡은 사람들이 있다. 어떤 기업인지,
어떤 정치인인지 굳이 말하지 않아도 우리는 알고
있다. 그들은 세월이 흐르고 정권이 바뀐 지금도
그들만의 카르텔을 잘 유지하며 연일 미디어에
얼굴을 비춘다. 우리가 절망에 익숙해진 건 당신들
때문이다. "남 탓을 하는 거냐"라고 비난한다면
맞다고 답하겠다. 당신들 탓이다. 당신들이 만든 사회
체계 때문에 우리가 힘들다고, 우리 개인의 노력이나
능력 때문이 아니라 바로 당신들 때문이라고 대놓고
여기에 기록한다.

이 책의 초판 1쇄 발행 후 가장 가까운 선거인
제22대 국회의원 선거 결과는 어떨까.●●● 미래에
있는 시민 동료분들에게 묻는다. 원하던 후보가
당선되었는지, 지지하던 정당이 의석수를 많이
가져갔는지, 혹은 그 반대의 결과가 나왔는지
궁금하다. 원하던 대로 선거가 마무리됐다면 축하의
말씀을 전하고, 뜻하지 않았던 결과를 받았다면
위로의 말씀을 전한다. 결과가 어떻게 되었든
이번에도 대대적인 변화는 없을 것이다. 당적만 다를
뿐 그때 그 얼굴들이 자기 자리를 차지했을 것이다.

그렇다고 해서 포기하지는 않으려 한다. 학교
앞 정문에 서서 혼자 피켓을 들고 있던 선배처럼,
익숙한 절망 앞에서도 의연하게 서있고 싶다. 일개
시민이지만, 내게도 내 다음 세대를 위한 책임이 있기
때문이다. 얼마 전에 이 사실을 확연하게 느꼈다.

그날은 일 때문에 KTX를 타야 했다. 출발
시각보다 일찍 역에 도착해 대합실에서 기다렸다.
대합실의 커다란 TV에서는 정치 뉴스가 흘러나오고
있었다. 윤석열 대통령이 김건희 여사의 뇌물 수수를
부정하는 뉴스, 개혁이라는 핑계로 이합집산한 자칭

●●●
이 책의 초판 발행일은 제22대 국회의원 선거일
약 2주 전인, 2024년 3월 25일이다.

'제3지대' 정당 뉴스, 더불어민주당의 위성정당 선언 뉴스 등 시끄러웠다. 총선을 앞둔 시점이라 온갖 정치인들이 화면을 가득 채웠다. 그렇게 시끄러운 동안 정치가 우리 삶을 어떻게 바꿀 것인지 기대할 만한 소식은 아무것도 없었다.

머리가 지끈거려 스마트폰으로 시선을 돌렸을 때, 근처에 있던 사람들의 대화가 들렸다. 슬쩍 보니 한 명은 고등학생 정도로 보였고, 다른 한 명은 학생의 보호자 같았다. 학생이 먼저 묻자 보호자가 답했다.

"아빠는 이번에 누구 찍을 거야?"
"글쎄, 지켜봐야지?"
"지켜보는 게 뭐야. 진지해야지."
"그놈이 그놈이지 뭐."
"나한텐 아니야."

순간 뒤통수가 쭈뼛했다. 학생에겐 아직 투표권이 없는 것 같았다. 그 말은 즉, 학생의 보호자는 물론 나에게도 학생의 미래를 선택할 책임이 있다는 뜻이었다. 정치가 싫어서, 정치는 복잡하고 싸움만 하는 것 같아서, 그놈이 그놈이라서 시선을 돌리면 속은 편할지 모른다. 다만, 그러는 동안 투표권이 없는 세대는 자신의 미래를 내게 저당잡힌 채 기다려야 한다. 이토록 자명한 사실을 종종 깜빡한다.

나의 선택은 미래 세대에게 고스란히 돌아간다. 방금 내가 과거의 기득권들 때문에 우리가 지금 절망에 익숙해졌다고 지적한 것처럼, 나 또한 그 화살의 과녁이다. 다 망한 나라에 무슨 희망이 있겠느냐고 자조하기만 한다면 훗날 나는, 무너지는 나라를 방치한 세대로 기억될 것이다. 그래서 더욱 희망이라는 단어에 집착해 보기로 했다. 대통령 선거나, 총선, 지방선거 등이 내 뜻과 다르게 종결됐더라도 절망에 익숙하다는 이유로 손놓지 않을 것이다. 똑똑히 지켜보고 감시하고 화내고 기록하고 목소리 높이는 사람이 되고 싶다. 적어도 아무것도 안 한 그런 부끄러운 어른으로 기억되고 싶지는 않다. 이 책은 그 다짐의 출발이다.

어렵고 어둡지만 잘 해내고 싶다. 외국 아니면 천국이라는 선택지를 바꾸고 싶다. 나는 여전히 해결책을 명확히 제시할 수 없다. 그러나 이 책에 담긴 고민들을 당신과 함께 나누고 싶고, '우리'라 부를 수 있는 사람들과 깊이 이야기해 보고 싶어서 긴 글로 썼다.

이 책에 대한 답장을 오래도록 기다릴 것이다. 우리는 절망에 익숙하지만, 아직 포기하지는 않을 사람들이라는 것을 굳게 믿는다.

Josef Čapek (Czech, 1887–1945)

우리는 절망에 익숙해서

초판 1쇄	2024년 3월 25일
2쇄	2024년 10월 8일

지은이	희석
편집·디자인	희석
표지 그림 원작	Josef Čapek

펴낸곳	발코니
발행인	안희석
전자우편	heehee@balconybook.com
인스타그램	@balcony_book
	@wanderer_spunky

제작처	DSP(www.dsphome.com)